रूमी

रूह-ए-कायनात

रूमी
रूह-ए-कायनात

मूल फ़ारसी से हिन्दी अनुवाद

डॉ. मिर्ज़ा अब्दुल बाक़ी बेग

MANJUL

मंजुल पब्लिशिंग हाउस

MANJUL

मंजुल पब्लिशिंग हाउस

कॉरपोरेट एवं संपादकीय कार्यालय

• द्वितीय तल, उषा प्रीत कॉम्प्लेक्स, 42 मालवीय नगर, भोपाल-462 003

विक्रय एवं विपणन कार्यालय

• सी–16, सेक्टर 3, नोएडा, उत्तर प्रदेश, 201301

वेबसाइट : www.manjulindia.com

वितरण केन्द्र

अहमदाबाद, बेंगलुरू, कोच्चि, कोलकाता, चेन्नई,
हैदराबाद, मुम्बई, नई दिल्ली, पुणे

यह हिन्दी संस्करण 2025 में पहली बार प्रकाशित

ISBN 978-93-5543-372-5

टाइपसेटिंग : डीजीअल्ट्राबुक्स प्रा. लि., नई दिल्ली

मुद्रण व जिल्दसाज़ी : थॉमसन प्रेस (इंडिया) लिमिटेड

विषय-सूची

डॉ. मिर्ज़ा अब्दुल बाक़ी बेग बिहार के एक सुदूर गाँव से ताल्लुक़ रखते हैं। उन्होंने पोस्ट ग्रेजुएशन से लेकर पीएच.डी. एवं पत्रकारिता की डिग्री जवाहरलाल नेहरू विश्वविद्यालय, नई दिल्ली से हासिल की और अपने करियर की शुरुआत आकाशवाणी दिल्ली से प्रारंभ करते हुए बी.बी.सी. वर्ल्ड सर्विस नई दिल्ली की अंग्रेज़ी, हिन्दी और उर्दू भाषाओं में अपनी सेवाएँ दीं।

डॉ. बेग हिन्दी, अंग्रेज़ी एवं उर्दू भाषाओं में राजनीति, कला एवं संस्कृति विषयों पर लिखते रहे हैं। उन्होंने दर्जनों किताबों का हिन्दी, अंग्रेज़ी एवं उर्दू में अनुवाद किया है। उनकी किताबों में *जहान-ए-रूमी*, *दिलीप कुमार : अहदनामा-ए-मोहब्बत* इत्यादि शामिल हैं। उन्होंने अमेरिकी इतिहास, अमेरिकी साहित्य एवं अन्य दर्जन भर किताबों का उर्दू में अनुवाद किया है जिनमें *इंदिरा गांधी*, *हिन्दुस्तान का विभाजन*, *कम्युनल प्रॉब्लम* प्रमुख हैं। अगर उन्होंने परवीन शाकिर और राजेंद्र मनचंदा बानी की कविताओं और ग़ज़लों का अंग्रेज़ी में अनुवाद किया है तो अली अकबर नातिक़ की कहानियों का हिन्दी में। आपकी लिखी चार किताबें नेशनल बुक ट्रस्ट ने प्रकाशित की हैं तो एक प्रकाशन विभाग ने।

सूफ़ी शायर मौलाना जलालुद्दीन रूमी का परिचय

किसी कवि की तुलना किसी अन्य भाषा के कवि से करना कोई नई बात नहीं है, लेकिन जब किसी कवि की तुलना देवताओं और पूजनीय लोगों से की जाने लगे तो यह आश्चर्य की बात है।

यह रुतबा किसी और को नहीं बल्कि तेरहवीं सदी के सूफ़ी शायर मौलाना जलालुद्दीन रूमी को मिला है, जिनके बारे में ब्रिटिश धार्मिक विद्वान और सूफ़ी परंपरा के शिक्षक एंड्रयू हार्वी ने कहा है कि "रूमी एक महान सूफ़ी थे जो अपनी बुद्धि में प्लेटो थे तो विज़न और सच्चे जज़्बे में महात्मा बुद्ध और ईसा मसीह थे।"

जबकि फ़ारसी सूफ़ी कवि जामी ने रूमी की विश्व प्रसिद्ध मसनवी के बारे में 'नीस्त पैग़म्बर वले दारद किताब' लिखा है और इसे पहलवी भाषा का क़ुरान बताया है।

इतना ही नहीं, किसी ने रूमी की बाँसुरी को प्राचीन यूनानी धर्म और पौराणिक कथाओं के देवता पैन के साथ मिलाया है, जो

जंगल, चरवाहों और रेवड़ों के देवता के साथ ग्रामीण संगीत और रहस्यवाद के स्वामी और अप्सराओं के साथी हैं, जबकि किसी ने रूमी की नाला-ए-नय को 'मुरली की तान' यानी हिन्दुओं के भगवान श्री कृष्ण की बाँसुरी के साथ जोड़ा है।

एक अमेरिकी कवि और जॉर्जिया विश्वविद्यालय में अध्यापक कोलमैन बार्क्स ने लिखा है कि कैसे प्रसिद्ध अंग्रेज़ी कवि रॉबर्ट ब्लाई ने उन्हें रूमी से परिचित कराया।

वह लिखते हैं कि यह 1976 की बात है जब रॉबर्ट ब्लाई ने उन्हें एक ख़स्ताहाल किताब से रूमी के शब्दों का अंग्रेजी अनुवाद सुनाना शुरू किया तो बार्क्स को लगा जैसे इल्म और आध्यात्म का एक नया स्कूल उनके सामने खुल गया है और मंत्रमुग्ध हो कर ब्लाई को सुनते रहे।

अंत में ब्लाई ने बार्कस से कहा, "आप इसे अनुवाद की क़ैद से आज़ाद कर दें," वह यह चाहते थे कि रूमी की शायरी की फिर से व्याख्या की जाए और उनकी शायरी की रूह को अनूदित कर के दुनिया के सामने पेश किया जाए तो उन्होंने वैसा ही करने का संकल्प ले लिया।

शायद यही कारण था कि दुनिया भर में अपनी अलग पहचान रखने वाली *टाइम* पत्रिका ने अक्टूबर 2002 में प्रकाशित अपने एक लेख में लिखा था, आज एक सफल कवि बनने के लिए

क्या आवश्यक है? मूलतः, एक चमत्कार, क्योंकि कविता की किताबें शायद ही बिकती हैं। अधिकांश प्रकाशकों द्वारा कुछ हज़ार प्रतियों की बिक्री को सम्मानजनक से अधिक माना जाता है। कुछ लाख प्रतियों के बिकने का विचार दुर्लभ है और केवल कुछ भाग्यशाली अमेरिकी कवियों ने ही इतनी संख्या देखी है।

तो आइए आज अमेरिका में सबसे ज़्यादा बिकने वाले कवि से पूछते हैं। चिंता न करें क्योंकि वह अब हमसे बात करने के लिए नहीं हैं। वह मौलाना जलालुद्दीन रूमी हैं, जो लगभग आठ शताब्दी पहले मध्य एशिया में पैदा हुए और वह एक मुस्लिम सूफ़ी कवि थे।

टाइम ने यह भी लिखा कि पुरस्कार विजेता फ़िल्म निर्माता ओलिवर स्टोन ने रूमी के बारे में एक फ़िल्म बनाने की योजना बनाई है। जब मैंने यह देखने के लिए जाँच की कि क्या फ़िल्म बनाई गई है, तो मुझे पता चला कि इसी संबंध में उन्होंने ईरान का पिछले दशक में दौरा किया तो उनके अपने बेटे शॉन ने इस्लाम धर्म अपना लिया। शॉन अपनी माता की ओर से ईसाई और अपने पिता की ओर से यहूदी हैं।

उन्होंने इस्लाम क़बूल करने का कारण तो नहीं बताया लेकिन ख़बरों के मुताबिक़ उनका कहना था कि उन्होंने न तो ईसाई धर्म छोड़ा है और न ही यहूदियों का धर्म छोड़ा है, बल्कि पैग़ंबर

मोहम्मद को अपनाया है और उनके साथ दूसरे पैग़ंबरों को भी अपना लिया है क्योंकि इस्लाम में उन्हें स्वीकार किया जाता है और उन्हें मान्यता प्राप्त है।

टाइम मैगज़ीन ने आगे लिखा कि अगर वह जीवित होते तो शायद इस बात का आनंद लेते कि मशहूर अमेरिकी गायिका मैडोना ने दीपक चोपड़ा की 1998 की सीडी 'ए गिफ़्ट ऑफ लव' के संगीत को उनके ईश्वर की स्तुति के रूप में स्वरबद्ध किया है, जबकि अमेरिकी फ़ैशन डिज़ाइनर डोना करण ने उनकी कविता का इस्तेमाल अपने फ़ैशन शो की पृष्ठभूमि के तौर पर किया है।

इसके अलावा, दुनिया भर के कई योग केंद्र आध्यात्मिक प्रशिक्षण के लिए बैकग्राउंड संगीत के रूप में रूमी के गीतों का उपयोग करते हैं।

डॉ. अफ़ज़ल इक़बाल ने *मौलाना रूमी हयात व अफ़कार* नामक किताब में लिखा है और उसकी प्रस्तावना में भी उन्होंने लिखा है कि 'रूमी सिर्फ़ किसी शख़्स और समाज के सुधार और विकास के शिक्षक और उपदेशक नहीं हैं, बल्कि इसके माध्यम से वह व्यक्तिगत जीवन और सामाजिक व्यवस्था के व्याख्याकर और राहनुमा हैं।

अपने समान मूल्यों के कारण वे प्राचीन और आधुनिक के

भेद से परे हैं, लेकिन आधुनिक इंसानी तरक़्क़ियों की आँखों में आँखें डालकर देखने का हौसला रखते हैं।

आज भी रूमी जीवन के जटिल-से-जटिल मुद्दों और समस्याओं को सुलझाने का चमत्कार दिखा सकते हैं। उनके पास असफलता और निराशा का अँधकार नहीं है, बल्कि आशा और सफलता की रौशनी नज़र आती हैं। उन्हें जितना अतीत और वर्तमान का कवि माना जाता है, उतना ही उन्हें भविष्य का कवि और ख़ुशख़बरी सुनाने वाला संदेशवाहक भी कहा जा सकता है।

उन्होंने आगे लिखा, 'ऐसा दूरदर्शी कवि किसी देश या भाषा विशेष का कलाकार या विचारक नहीं होता, वह सारी मनुष्य जाति का कवि होता है, एक लौकिक कलाकार, एक शाश्वत विचारक, एक सार्वभौमिक बुद्धिजीवी।'

रूमी को कवि से अधिक सूफ़ी माना जाता है और यही कारण है कि वह पश्चिम से पहले पूर्व में बेहद लोकप्रिय रहे हैं और प्रख्यात उर्दू कवि, शायरे-मशरिक़ अल्लामा इक़बाल ख़ुद को उनका 'मुरीद-ए-हिन्दी' कहते हैं और लिखते हैं :

न उट्ठा फिर कोई रूमी अजम के लाला-ज़ारों से
वही आबो-गिले-ईराँ वही तबरेज़ है साक़ी

रूमी और सूफ़ीवाद एक-दूसरे के पर्याय हैं। सूफ़ीवाद की दुनिया में रूमी का स्थान इतना ऊँचा है कि सूफ़ीवाद से जुड़ी कोई भी किताब रूमी के ज़िक्र के बिना नहीं होगी। रूमी के प्रभाव ने सभी भौगोलिक सीमाओं को पार कर लिया है। चाहे वह अरब हो या ग़ैर अरब, पूर्व हो या पश्चिम, रूमी के विचार और विचारों की रौशनी हर जगह है। इसलिए यह कहना अप्रासंगिक नहीं होगा कि रूमी और सूफ़ीवाद एक-दूसरे के पर्याय हैं।

रूमी समय और स्थान की क़ैद से आज़ाद हैं और सच्चे प्यार के वाहक के रूप में हर जगह मशहूर हैं और सोशल मीडिया के आने के बाद से उनकी बातें हर जगह वायरल पोस्ट की तरह और मौक़े-बे- मौक़े के हिसाब से घूमती रहती हैं। ऐसे में डॉ. अफ़ज़ल इक़बाल का यह कथन कि वे 'भविष्य के कवि और प्रचारक' हैं, बिल्कुल सच होता दिखता है।

ऐसे में भौतिकवाद का प्रतीक माने जाने वाले पश्चिमी देशों में इनकी सराहना होना कोई आश्चर्य की बात नहीं है। बुद्धिजीवियों का मानना है कि यदि भौतिकवाद के ख़राब असरात से छुटकारा पाने का कोई रास्ता है तो वो रूमी और उनकी शायरी है।

रूमी पश्चिमी देशों में

रूमी को पश्चिमी देशों में परिचित कराने का श्रेय जर्मनी में जन्मे

ऑस्ट्रियाई राजदूत जोसेफ वॉन हैमर पुर्स्तगाल को जाता है, जिन्होंने उन्नीसवीं सदी की शुरुआत में औरियनटलिस्ट (पूर्वी देशों के विचारों को समझाने वाली) एक पत्रिका का प्रकाशन शुरू किया था।

एक अन्य ईरानी शायर ख़्वाजा हाफ़िज़ शिराज़ी की शायरी से प्रेरित होकर पुर्स्तगाल ने रूमी की मसनवी और उनके दीवान (ग़ज़लों के संग्रह) पर 70 पन्नों का एक लेख लिखा, जिसमें उन्होंने कहा कि अगर हाफ़िज़ की शायरी चाँद और सितारों की सैर कराती है तो रूमी हमें अपनी आध्यात्मिक शक्ति के ज़ोर पर समय और स्थान की सीमाओं से बाहर ले जाते हैं।

उन्होंने आगे लिखा कि रूमी 'पूर्व के सबसे महान सूफ़ी कवि' और 'सूफ़ियों के इमाम' हैं जबकि उनकी मसनवी 'सभी सूफ़ियों के लिए एक प्रकाश-स्तंभ' है।

जीवन

मौलाना रूमी की सबसे बुनियादी जीवनी *मनाक़िब अल-अरिफ़ीन* में लिखा है कि उनका जन्म साल 1207 में अफ़ग़ानिस्तान के बल्ख़ शहर में हुआ था और इसीलिए वह ख़ुद को बल्ख़ी कहते थे और इस पर उन्हें गर्व था। उनके पिता का नाम बहाउद्दीन वलद था और वे स्वयं को पैग़म्बर 'सुल्तान-उल-उलमा' कहते

थे क्योंकि उनके अनुसार यह उपाधि उन्हें इस्लाम के पैग़म्बर हज़रत मुहम्मद ने एक सपने में दी थी और यह सपना उस समय के कई विद्वानों ने एक साथ देखा था।

मौलाना रूमी की वंशावली उनके पिता की ओर से इस्लाम के पहले ख़लीफ़ा हज़रत अबू बक्र और उनकी माँ मोमिना की ओर से इस्लाम के चौथे ख़लीफ़ा हज़रत अली से मिलती है। इसका ज़िक्र सर जेम्स विलियम्स रेडहाउस ने अपनी किताब *लीजेंड्स ऑफ सूफ़ी* में भी किया है।

मौलाना बहाउद्दीन अपने बेटे रूमी से बहुत प्यार करते थे और उसे 'ख़ुदावंदगार' कहते थे।

नदी के पीछे समुद्र

ऐसा कहा जाता है कि जब मंगोलों ने मध्य एशिया पर आक्रमण किया तो मौलाना बहाउद्दीन अपने परिवार और कुछ शिष्यों के साथ पश्चिम की ओर निकल पड़े। उनके प्रवास के लिए दिए गए कारणों में से एक यह था कि अन्य विद्वान उन्हें अधिक महत्त्व नहीं देते थे और शहर के क़ाज़ी उनसे ईर्ष्या करते थे क्योंकि उन्हें सुल्तान उल उलमा कहा जाता था।

कहा जाता है कि जब यह कारवाँ बग़दाद की ओर बढ़ रहा था तो रास्ते में निशापुर में मौलाना की मुलाक़ात मशहूर सूफ़ी कवि

फ़रीदुद्दीन अत्तार से हुई। निशापुर आज ईरान के ख़ुरासान प्रांत में स्थित है जबकि बग़दाद ईराक़ की राजधानी है।

कहा जाता है कि अत्तार ने रूमी की आध्यात्मिक अंतर्दृष्टि को तुरंत पहचान लिया। उन्होंने देखा कि बाज़ार में, उस समय की प्रथा के अनुसार, बेटा पीछे चल रहा है और पिता आगे चल रहा है तो उन्होंने स्पष्ट रूप से कहा : 'समुद्र नदी के पीछे चल रहा है।'

उन्होंने रूमी को अपनी किताब *असरार नामा* जिसे 'पंदनामा-अत्तार' भी कहा जाता है, दी। इस किताब को सूफ़ीवाद के ज्ञान और अंतरात्मा को टटोलने का ख़ज़ाना कहा जाता है, जिसमें सांसारिक मोहभंग और आध्यात्मिक रहस्यों को बयान किया गया है।

हालाँकि इस मुलाक़ात का ज़िक्र मूल किताबों में नहीं है, लेकिन बाद के कामों में इसका बार-बार ज़िक्र किया गया है और इसकी एक वजह यह है कि जब वे लोग निशापुर से गुज़रे तो अत्तार ज़िन्दा थे और उनकी मसनवी पर अत्तार के *असरार नामा* की झलक साफ़ देखी जा सकती है।

रूमी और शम्स तबरेज़ी

रूमी की ज़िन्दगी में पाँच लोग बेहद अहम रहे हैं। इनमें एक उनके पिता, दूसरे उनके शिक्षक बुरहानुद्दीन मोहक़्क़िक़ और

तीसरे हैं उनके दोस्त और गुरु शम्स तबरेज़ी, चौथे सलाहुद्दीन ज़रकूब और पाँचवें हुसामुद्दीन रहे हैं।

रूमी के बारे में मौलाना जामी की ये पंक्तियाँ किसी उक्ति की तरह हैं :

मौलवी हरगिज़ न शुद मौला-ए-रोम
ता ग़ुलामे-शम्स तबरेज़ी न शुद

(यानी मौलाना रूम कभी भी रोम के स्वामी नहीं बनते, जब तक कि वे शम्स तबरेज़ी के ग़ुलाम न बन गए।)

जहाँ इस शेर को कहावत का दर्जा प्राप्त है, वहीं यह भी एक हक़ीक़त है कि यदि रूमी न होते तो शम्स तबरेज़ी को भी कोई नहीं जानता और उनकी महानता और उपलब्धियों के बारे में भी कोई नहीं जान पाता।

ऐसा कहा जाता है कि शम्स तबरेज़ी प्रार्थना करते थे कि ख़ुदा उन्हें किसी ऐसे व्यक्ति से मिला दें जो उनका साथी होने का भार उठा सके और फिर क़ोनिया में उनकी मुलाक़ात रूमी से हुई।

रूमी की जीवनी के लेखक अफ़लाकी और सेपह-सालार ने लिखा है कि शम्स वहाँ रात में पहुँचे और दोनों सराय के बाहर एक दुकान पर मिले जहाँ शहर के गणमान्य लोग मिलते थे।

रूमी की एक अन्य जीवनी के लेखक गुल पनहार का कहना है कि अब वहाँ कोई सराय या दुकान नहीं है, बल्कि उस जगह को 'मजमा-उल-बहरैन' (दो समुद्रों का मिलन स्थल) कहा जाता है और रूमी पंथ को मानने वाले लोग हर साल वहाँ दीप जलाते हैं और उस मिलन का जश्न मनाते हैं।

पश्चिम में कुछ लोगों ने इन दोनों के रिश्ते को समलैंगिकता के चश्मे से देखने की कोशिश की है, लेकिन इसमें कोई सच्चाई नहीं है।

जब वे दोनों मिले, तो शम्स तबरेज़ी की उम्र साठ से अधिक थी, जबकि रूमी की उम्र तीस के दशक में थी और रूमी के बेटे वलद ने लिखा कि रूमी कहते थे कि अगर उन्हें अपने पिता का साथ और अधिक समय के लिए मिलता तो उन्हें सूफ़ीवाद के रास्ते पर जाने के लिए शम्स तबरेज़ी का ऐहसानमन्द नहीं होना पड़ता।

अफ़लाकी के अनुसार, शम्स तबरेज़ी को जब रूमी अपने घर ले आए, तो वह चालीस दिनों तक उनके साथ एक कमरे में रहे, जहाँ कोई उन्हें परेशान नहीं कर सकता था, जैसे कि यह किसी प्रकार की चिल्लाकशी थी यानी चालीस दिनों तक ध्यान में लगे रहना था। एक कहानी के अनुसार, वे दोनों तीन महीने तक एक कमरे में रहे, जबकि सिपह-सालार ने लिखा कि वे दोनों रूमी के विश्वासपात्र सलाहुद्दीन ज़रकूब के एक कमरे में छह महीने

तक रहे, जहाँ शेख़ सलाहुद्दीन के अलावा किसी को भी जाने की इजाज़त नहीं थी।

हालाँकि, रूमी और शम्स तबरेज़ी के घनिष्ठ संबंध के कारण उनके छात्रों में ईर्ष्या पैदा हो गई और कहा जाता है कि उनके एक बेटे या छात्र ने मिलकर शम्स तबरेज़ी का काम तमाम कर दिया।

शम्स तबरेज़ी के ग़ायब हो जाने से रूमी इतने उदास रहने लगे कि उन्हें दुनिया की किसी चीज़ से कोई मतलब नहीं रहा।

रूमी शायरी को बुरा मानते थे, लेकिन शम्स तबरेज़ी के कारण उनका झुकाव इस ओर हो गया और उन्होंने शम्स तबरेज़ी के लिए हज़ारों कविताएँ लिखीं, इसके अलावा उन्होंने अल्लाह और उनके दूत हज़रत मुहम्मद की प्रशंसा में भी कविताएँ लिखीं। यहाँ तक कि उनके दीवान को *दीवान-ए-रूमी* के बजाय *दीवान-ए-शम्स* या *दीवान-ए-कबीर* कहा जाता है।

इसमें लगभग पचास हज़ार शेर या छंद हैं, जबकि उन्होंने एक मसनवी भी लिखी जिसे 'मसनवी मौलवी मानवी' के नाम से जाना जाता है और यह छह खंडों में है और इसमें लगभग सत्ताईस हज़ार शेर या छंद हैं।

यह मसनवी सूफ़ियों की महफ़िलों में उसी तरह पढ़ी जाती है जैसे वहाँ क़ुरान पढ़ा जाता है और कहा जाता है कि यह मनुष्य के

अन्तर्मन को प्रकाशित करता है। अल्लामा इक़बाल ने एक शेर में इसका वर्णन इस प्रकार किया है—'अपने मन में डूब कर पा जा सुराग़े-ज़िन्दगी' यानी अपनी अंतरात्मा में लीन हो कर जीवन का रहस्य मालूम कर लो।

समा

जब सूफ़ियों में मस्त हो जाने की स्थिति पैदा होती तो वे परमानंद और परमानंद की दुनिया में खो जाते हैं और एक प्रकार से नृत्य करने लगते, जिसे समा कहा जाता है। रूमी के समय में समा की सभाएँ होती थीं और ऐसा कहा जाता है कि पहली बार उनकी दादी ने उन्हें इस सभा में भाग लेने के लिए कहा था।

हालाँकि इस्लाम में इसके वैध या अवैध होने पर आज तक बहस चल रही है, लेकिन रूमी के बाद समा की प्रथा बहुत प्रचलित हो गई। एक कहानी के मुताबिक़ उन्हें इसकी जानकारी थी, लेकिन एक दिन वह सलाहुद्दीन ज़रकूब की दुकान के पास से गुज़र रहे थे, जहाँ सोने और चाँदी की चादरें कूटी-पीटी जा रही थीं और वह कूटने-पीटने की आवाज़ में खो गए।

अफ़लाकी ने लिखा है कि जब रूमी हथौड़े की आवाज़ सुनकर परमानंद में डूब गए, तो शेख़ सलाहुद्दीन स्वयं बाहर आए और रूमी के साथ इस समा में शामिल हो गए और नृत्य करने लगे,

साथ ही, अपने शिष्यों और कारीगरों को संकेत दिया कि कूटते रहो, हाथ न रुकने पाए, चाहे इसमें कितना भी सोना ख़राब क्यों न हो जाए। यह समा दोपहर से लेकर शाम तक जारी रहा जबकि कुछ अन्य लोग भी इसमें शामिल हो गए।

प्रसिद्ध संत सिर्री सिक़्ती कहते हैं कि समा उपजाऊ भूमि के लिए बारिश की तरह है। लेकिन यह एक ख़तरनाक चीज़ भी है जिसे नियंत्रित करने के लिए एक शेख़ यानी उस्ताद की ज़रूरत है। यदि इमाम ग़ज़ाली ने समा को जायज़ बताया है तो रूमी ने स्पष्ट रूप से कहा है कि 'पहले समा की क्षमता हासिल करो और फिर समा को अपनाओ। मैंने कल गुल-शकर की ख़ुशबू ली, इसलिए मैंने कल गंध महसूस नहीं की क्योंकि मैं इच्छुक नहीं था।'

मसनवी मौला-ए-रोम

मौलाना रूमी ने *फ़ीह मा फ़ीह*, *मजलिसे-सबा*, *दीवाने कबीर* जैसी कई रचनाएँ की हैं लेकिन उनकी सबसे बड़ी कृति *मसनवी* मानी जाती है जिसमें रहस्यों की परतें हैं।

रूमी की *मसनवी* गुप्त, जादुई और रहस्यमय तथ्यों के संग्रह के रूप में दुनिया भर का ध्यान अपनी ओर केंद्रित कर रही है। यदि विश्व में प्रेरणा देने वाली किताबों की सूची बनाई जाए तो उसमें मसनवी का महत्त्वपूर्ण स्थान होगा।

इस प्रकार फ़ारसी के प्रसिद्ध सूफ़ी कवि जामी ने पहलवी भाषा में मसनवी को क़ुरान बताते हुए रूमी के बारे में कहा है कि वह पैग़म्बर तो नहीं हैं, लेकिन उनके पास एक किताब है।

लेकिन मौलाना रूमी ने इस मसनवी को पूरा नहीं किया और उसे अधूरा छोड़ दिया और इस संदर्भ में उन्होंने कहा कि जिस छेद से रौशनी आ रही थी वह उनके लिए बन्द कर दिया गया है और इसे वही व्यक्ति पूरा करेगा जिसके अन्दर वही रौशनी होगी जो मेरे अन्दर है। बहुत से लोगों ने मसनवी की कहानी को पूरा करने की कोशिश की, लेकिन एक भारतीय विद्वान मुफ़्ती बख़्श को मसनवी को पूरा करने का सौभाग्य प्राप्त हुआ।

मौलाना रूमी अपनी मसनवी के महत्त्व को अच्छी तरह से जानते थे, इसीलिए उन्होंने चौथे भाग की प्रस्तावना में कहा है कि मसनवी सबसे बड़ा उपहार और सबसे क़ीमती इनाम है, यह दोस्तों के लिए रौशनी है और आने वाली पीढ़ियों के लिए एक ख़ज़ाना है।

उन्होंने यह भी कहा कि आने वाले समय में उनकी स्थिति एक ख़लीफ़ा या उस्ताद की होगी जिससे लोगों को ज्ञान प्राप्त होगा।

17 दिसंबर, 1273 को रूमी की मौत हो गई। मौत के समय उनकी उम्र 68 वर्ष और तीन महीने बताई जाती है।

कहा जाता है कि दफ़नाने का इंतज़ाम किया गया। रूमी के बेटे सुल्तान वलद ने लिखा है कि जब जनाज़ा निकला तो क़यामत जैसी भीड़ थी। हर देश और जाति के लोग एक साथ थे, हर कोई रो रहा था, मुसलमान *क़ुरान* पढ़ रहे थे, यहूदी *तौरात* पढ़ रहे थे और ईसाई *बाईबिल* पढ़ रहे थे। यहूदियों और ईसाइयों की उनके प्रति बहुत ज़्यादा श्रद्धा थी। यदि उन्हें उनके जनाज़े के पास से हटा दिया जाता तो वे दूर नहीं हटते और कहते, 'हमने उनके माध्यम से अपने नबियों को पहचाना।' जनाज़ा सुबह निकला लेकिन शाम तक कहीं जा कर कब्रिस्तान पहुँचा। रास्ते में बाहरी ताबूत को छह बार बदला गया, लोग उसकी लकड़ी तोड़कर यादगार के तौर पर ले जाने लगे।

लेकिन आज वह तो किसी के पास नहीं लेकिन उनकी शायरी मौजूद है, जिससे सारा संसार रौशनी हासिल कर रहा है।

अनुवादक की ओर से
दीदनी हूँ जो सोच कर देखो!

उर्दू के प्रसिद्ध शायर मीर तक़ी मीर की यह पंक्ति उस समय कितनी सटीक लगती है, जब हम रूमी के कलाम को पढ़कर रूमी के बारे में सोचने बैठते हैं और उन्हें अपने दिल के भेद और आपबीती बयान करते हुए देखते और महसूस करते हैं।

रूमी ने कहा था कि हमने इतनी दुआएँ की कि हम ख़ुद दुआ बन गए और जो कोई मुझे देखता है वो मुझसे दुआ के लिए कहता है। रूमी के प्रेम और प्रेम में विलीन व मृदु-स्वभाव को देखकर एक ऐसे व्यक्ति की छवि उभरती है जो आपका ग़म-ख़्वार और मोनिस* हो, हम-दम हो और दया की तस्वीर हो, जिसमें जज़्बो-शौक़ का तूफ़ान हो।

मौलाना जलालुद्दीन रूमी की गिनती दुनिया के महानतम कवियों व सूफ़ियों में होती है। उनकी शायरी ने हर दौर में सूखे और मुर्दा

---

* ढाँढ़स बँधाने वाला

दिलों में जान पैदा की है, युगों से पीढ़ी-दर-पीढ़ी अशआर में पिरोए उनके विचार व कल्पनाओं ने हमेशा सूफ़ियों की मजलिसों को गर्माए रखा है।

उनका कलाम आला साहित्य का नमूना और अद्भुत रहस्यों का वो ख़ज़ाना है, जिसमें पाश्चात्य एवं पूर्वी दोनों युगों के लोगों की हमेशा दिलचस्पी रही है।

रूमी को इस दुनिया में आए हुए पूरे आठ सौ साल बीत गए हैं। इस बीच दुनिया के महान साम्राज्यों का उदय व पतन हुआ, कितनी ही क्रान्तियाँ हुईं और समाप्त हो गईं, कई विद्रोह उठे, मतलब कि परिवर्तन और बदलाव का एक न समाप्त होनेवाला सिलसिला जारी है लेकिन इन सबके बीच रूमी का चिराग़ न सिर्फ़ जल रहा है बल्कि दुनिया के कोने-कोने को रौशन कर रहा है। ये उनके इश्क़ का चिराग़ है जो आँधियों व विषम परिस्थितियों में अधिक रौशनी देता है और उनके इस चिराग़ की रौशनी दुनिया के हर हिस्से में किसी-न-किसी सूरत पहुँच रही है।

भारत में मौलाना मोहम्मद जलालुद्दीन रूमी को आम तौर पर मौलाना रूम या मौला-ए-रूम के नाम से याद किया जाता है। इसलिए मौलाना शिबली नुमानी ने अपनी किताब का नाम *सवानेह मौलाना रूम* उर्फ *मौलाना-ए-रूम* रखा है। उन्होंने इसमें रूमी की शायरी और उसकी विशेषताओं पर ज़्यादा तवज्जो दी

है। मौलाना रूम के हवाले से एक महत्त्वपूर्ण किताब मौलाना अशरफ़ अली थानवी ने लिखी है, जिसका शोध विषय रूमी का अध्यात्मवाद व तसव्वुफ़ है। इसके अतिरिक्त, क़ाज़ी तलम्मुज़ हुसैन ने *साहेब-अल-मसनवी* के नाम से मौलाना रूम की एक विस्तृत जीवनी लिखी जो उनकी मृत्यु के बाद मौलाना अबुल हसन अली नदवी की नज़र से गुज़री और उसके बाद ही प्रकाशित हुई।

भारत की धरती ने रूमी को जिस आदर और श्रद्धा से अपनाया है उसकी मिसाल हमें कहीं और नहीं मिलती। क्या राजा क्या रंक, क्या अमीर क्या फ़क़ीर, क्या आलिम क्या जाहिल, धर्म व जाति से परे सबके यहाँ रूमी का जलवा देखने को मिलता है। अगर एक ओर वो मुग़ल राजा अकबर के दरबार में पढ़े जा रहे हैं तो दूसरी ओर ख़ानक़ाहों* में उनके कलाम जीवनतरंग की एक ऐसी स्थिति पैदा करते हैं, जिससे मन निश्छल हो रहे हैं। भारत के सूफ़ी-संत और उलमा ने उनकी किताब और विचार पर काफ़ी कार्य किया और उनको जनमानस में प्रचलित करने में अहम किरदार अदा किया है। भारत का तराना लिखने वाले उर्दू के प्रसिद्ध शायर इक़बाल ने ख़ुद को रूमी का मुरीद ही कहा है और उसका हक़ अदा करते हुए भारत के हवाले से कहा :

---

* सूफ़ियों और वलियों के रहने की जगह या उनका मदरसा या विहार

न उठा फिर कोई रूमी अजम के लाला-ज़ारों से
वही आबो-गिले-ईराँ, वही तबरेज़ है साक़ी

नहीं है ना उम्मीद इक़बाल अपनी किश्ते-वीराँ से
ज़रा नम हो तो ये मिट्टी बहुत ज़रख़ेज़ है साक़ी

हक़ीकत यह है कि आज रूमी एशिया से बाहर निकल कर यूरोप और अमेरिका में अपना असर दिखा रहे हैं और किसी भी दूसरे शायर से अधिक लोग रूमी के कलाम को पढ़ना पसन्द कर रहे हैं। रूमी की बाज़याफ़्त* की रौशनी में यह महसूस किया जाने लगा है कि हम अपनी नस्ल को आशय और उद्देश्य का ख़ज़ाना पेश करने से न रह जाएँ, जो उदारवाद, मेल-मिलाप, भाईचारे, इश्क़ व मस्ती के जोश व जज़्बों से भरा हुआ है। मीर तक़ी मीर ने ख़ूब कहा है :

सरसरी तुम जहान से गुज़रे
वरना हर जा जहाने दीगर था

---

* फिर से खोज

रूमी की दुनिया इतनी रंग-बिरंगी और दिलकश है कि जो कोई इसमें आया, यहीं का होकर रह गया।

इस किताब में जहाँ रूमी से हमारा सरसरी परिचय होता है, वहीं अंतर्राष्ट्रीय स्तर पर उनकी सार्थकता और महत्ता का पता भी चलता है।

इस किताब में रूमी की मसनवी से प्रेम के संदर्भ में उनके शेरों (छंदों) को पेश किया जा रहा है। अगरचे हिन्दी व उर्दू में उनके जज़्बे की शिद्दत को और इश्क़े-हक़ीक़ी और इश्क़े-मजाज़ी यानी अलौकिक और लौकिक प्रेम को ख़ूबसूरती के साथ पेश करने की सकत नहीं रखते लेकिन उनके मूल भाव को पेश करने की तुच्छ सी कोशिश की गई है। उम्मीद कि आप सबको यह न सिर्फ़ पसन्द आएगी बल्कि आपके अन्दर भी प्रेम की वह अनुभूति भर सकेगी जो रूमी की बाँसुरी में से निकल रही है।

मैं अपने भाई मिर्ज़ा नेहाल अहमद बेग व सुशांत झा और रंगनाथ सिंह का आभारी हूँ कि उन्होंने मुझसे यह काम करवा लिया वरना, 'मन आनम कि मन दानम'।

यहाँ अंत में इक़बाल की मसनवी *साक़ीनामा* की चन्द पंक्तियाँ याद आती हैं जिनमें रूमी की गूँज साफ़ सुनाई देती है :

पिला दे मुझे वो मये-पर्दा-सोज़
के आती नहीं फ़स्ले-गुल रोज़-रोज़

वो मय जिससे रौशन ज़मीरे-हयात
वो मय जिससे है मस्तिये-कायनात

वो मय जिसमें है सोज़ो-साज़े-अज़ल
वो मय जिससे खुलता है राज़े-अज़ल
उठा साक़िया पर्दा इस राज़ से
लड़ा दे ममोले को शहबाज़ से।

– मिर्ज़ा ए.बी. बेग

१
बाँसुरी की फ़रयाद

सुनो, बाँसुरी से निकलने वाली आवाज़
जो कि अपने वियोग की कहानी का है साज़
बाँसुरी का विलाप जारी है
जड़ से कटने का दुखः तो भारी है
जब से मैं नर्कट की अपनी क्यारी से अलग हुई हूँ
मेरे रोने ने स्त्री व पुरुष सब को रुला दिया है
मुझको ऐसा दिल चाहिए जो टूटा हुआ हो
ताकि मैं मोहब्बत के दर्द को बाँट सकूँ
हर कोई जो अपनी जड़ से दूर रह गया है
वह मिलन का ज़माना याद करता है जब वह साथ था
हर महफ़िल में मैंने अपने दिल की गुहार सुनाई
मेरी ख़ुशहाल व बदहाल दोनों तरह के लोगों के साथ संगति रही
हर किसी ने अपने-अपने तौर पर मेरी संगति की

पर किसी ने भी मेरे अन्दर से निकलने वाली आवाज़
और उसके रहस्यों को जानने की कोशिश नहीं की
मेरे दिल के भेद मेरी शिकायत से अलग नहीं हैं
लेकिन कान और आँख में वो प्रकाश नहीं है जो
उसे देख और सुन सके
शरीर का आत्मा से या आत्मा का शरीर से कोई पर्दा नहीं है
फिर भी, कोई भी आत्मा को नहीं देख सकता है
बाँसुरी से निकलने वाली यह आवाज़ आग है, वायु नहीं
जिसके दिल में यह आग नहीं है, वह मानो है ही नहीं
यह प्रेम की अगनि है जो बाँसुरी के अन्दर से निकलती है
यह इश्क़ का जोश है जो शारब में उबाल लाता है
बाँसुरी हर उस व्यक्ति की साथी है जो अपने दोस्त से जुदा हो गया
उसके रागों और आलापों ने सब के दिल छलनी कर दिए
बाँसुरी जैसा ज़हर और साथ ही उसका तिर्याक़ कहीं देखा है?
बाँसुरी जैसा हमदर्द और चाहने वाला आशिक़ कहीं देखा है?
बाँसुरी रक्त रंजित रास्ते की कहानी कहती है
वह मजनूँ के जुनून की कहानियाँ सुनाती है

2

प्रेम ही अफ़लातून व जालीनूस है

बेटे, अपनी ज़ंजीरें तोड़ो और आज़ाद हो जाओ
कब तक तुम चाँदी और सोने के लिए ग़ुलाम बने रहोगे?
अगर तुम दरिया को घड़े में डालोगे
तो उसमें कितना पानी समा सकता है?
ज़्यादा से ज़्यादा एक दिन का भंडार
लालची की आँख का प्याला, कभी नहीं भरता
जब तक सीप अपना मुँह बन्द नहीं करता
तब तक उसमें मोती पैदा नहीं हो सकता
जिसकी पोशाक इश्क़ में तार-तार हो जाती है
वह लोभ और सभी दोषों से आज़ाद हो जाता है
ज़िन्दाबाद, मुझे ख़ुशी देने वाले मेरे इश्क़ ज़िन्दाबाद
तुम्हीं तो हमारी सभी बीमारियों को दूर करने वाले हो

तुम ही हमारे अभिमान और घमंड का इलाज हो
तुम ही हमारे अफ़लातून और जालीनूस हो !
मेरा सांसारिक शरीर इस इश्क़ से आसमान तक पहुँच गया
पहाड़ रक़्स करने लगा और उसमें एहसास जाग उठा

3
तोते की कहानी

एक दुकानदार के पास एक तोता था
मीठी आवाज़ वाला, तरह-तरह की बातें करने वाला
वह तोता वहाँ बैठा दुकान पर भी नज़र रखता था
और सभी ख़रीदारों से मीठी-मीठी बातें करता था
वह लोगों को बुला-बुला कर बातें करता
और मीठे-मीठे गीत गाने में भी माहिर था
एक दिन वह ताखे से उड़ा तो
उसके पंख से गुलाब के तेल की बोतल गिरकर टूट गई
जब मालिक वापिस आया और आराम से मेज़ पर बैठ गया
उसने देखा कि मेज़ पर तेल फैला था जिससे उसके कपड़े सन गए
उसने तोते के सिर पर छड़ी मारी जिससे तोता गंजा हो गया
और उसने बोलना बन्द कर दिया
दुकानदार ने पश्चाताप करते हुए गहरी आह भरी

वह अपनी दाढ़ी नोचने लगा
अफ़सोस! मेरी मति मारी गई थी, मेरा सूरज बादलों में छिप गया
काश छड़ी मारते समय मेरा हाथ टूट गया होता!
मैंने इस मीठी ज़बान वाले के सिर पर कैसे वार किया?
वह हर एक माँगने वाले दरवेश को दान-दक्षिणा देता
ताकि वह अपने परिन्दे की आवाज़ वापस ला सके
तीन दिन और तीन रातों के बाद उसे फिर मेज़ पर बिठा दिया गया
वह हर तरह के जतन करने लगा, हर प्रकार के करतब दिखाता
कि किसी तरह वह तोता फिर से बोलने लगे
इसी बीच मोटे ऊनी चोग़े में एक गंजा वहाँ से गुज़रा
जिसका सिर किसी कटोरे की तरह बाल रहित था
उसे देखते ही तोता बोल उठा
उसने दरवेश को आवाज़ दी, अरे दोस्त!
अरे ओ गंजे, तू गंजा कैसे हो गया, तेरा बाल कहाँ गया?
क्या तूने भी आपने मालिक के बोतल से तेल गिरा दिया था?
तोते की बात सुनकर लोग हंस पड़े
क्योंकि उसने ख़ुद को उस चोग़े वाले से मिलाया था
किसी जोगी के काम को अपने आप से मत मापो
हालाँकि शेर (सिंह) और शीर (दूध) एक ही तरह से लिखा जाता है

५

ख़लीफ़ा का सवाल लैला का जवाब

इक ख़लीफ़ा ने यह लैला से कहा
"क्या वही तुम हो जिसे देख मजनूँ दीवाना हुआ
तुम ज़रा भी दूसरी बालाओं से बेहतर तो नहीं
फिर न जाने क्यों वो अपने आप से बेगाना हुआ"
बोली लैला, चुप रहो क्योंकि तुम मजनूँ नहीं
जो जगा है, वह अधिक सोया हुआ है;
उसका जगना नींद से भी है ख़राब
जब हमारी रूह ख़ुदा के लिए जागी नहीं
तो ये हमारे लिए किसी क़ैद में जगने जैसा है
न तो उसमें कोई सफ़ाई है, न वो आकाश की ओर जाता है
और ख़्वाब में शैतान को हूर समझता है
और फिर उसी के साथ जा कर सोता है

जैसे ही उसे स्वप्न दोष होता है वह जागता है
और हर चीज़ जो वह सपने में देख रहा था नहीं होती है
पंछी ऊपर उड़ता है और उसकी छाया धरती पर उड़ती है
कुछ मूर्ख छाया का पीछा करना शुरू कर देते हैं
इतनी दूर तक भागते हैं कि वह बेजान हो जाते हैं
यह नहीं जानते कि यह हवा में उस पंछी का अक्स है
यह नहीं जानते कि छाया का सिरा कहाँ है
वह छाया पर तीर चलाता है;
उसकी तलाश में उसका तरकश ख़ाली हो जाता है
उसका जीवन छाया का पीछा करने में
और तेजी से दौड़ने में बीत गया
जब भगवान की छाया उसकी ग़ुलाम हो
तो वह उसे उस प्रेत और छाया से बचाती है
तुम्हें पता होना चाहिए कि यह शरीर ईर्ष्या का घर है
क्योंकि घर ईर्ष्या से कलंकित है
अगर शरीर ईर्ष्या का घर है
तो भी भगवान ने उस शरीर को बहुत शुद्ध व पाक बनाया है

5
दूसरी दुनिया

अनदेखी दुनिया में अलग तरह के बादल हैं
अलग तरह के पानी हैं, अलग है आसमान
और अलग ही क़िस्म के सूरज हैं
चुनिंदा लोगों के अलावा कोई नहीं समझ सकता
जबकि बाकी लोगों को नई मख़लूक़* के होने पर शक है
कहीं बारिश सृजन और पोषण के लिए होती है
कहीं बारिश बदहाली के लिए होती है
मौसम-ए-बहार में बारिश के अद्भुत फ़ायदे हैं
जबकि पतझड़ की बारिश बगिया के लिए बुखार की तरह है
बहार में वह बाग़ को तरो-ताज़ा करती है
जबकि पतझड़ में यह पूरे बगीचे को बीमार कर देती है
इसी तरह ठंड, हवा और धूप के अन्तर को भी जान लो

---

* सृजन या कृतित्त्व

और उस फ़र्क़ से उसके भेद को पहचान लो
इसी प्रकार अनदेखी दुनिया में भी इनमें फ़र्क़ है
हानि और लाभ में और लाभ और हानि में भी फ़र्क़ है
जोगियों की यह साँस उसी झरने की है
जिस से दिल और रूह हरा-भरा बग़ीचा बन जाता है
उनकी साँसों से वह धन्य हो जाता है
जैसे वसंत की बारिश से पेड़ खिल उठता है
अगर वहाँ कोई-कोई पेड़ सूखा हो तो
तो उसका दोष बारिश के सिर मत दो
हवा ने अपना काम किया और चल रही है
जिसमें जान थी, उसने उसे महसूस किया

6
प्रेम इंसानी गुण

पैग़म्बर ने फ़रमाया कि औरतें अक़्लमंदों पर भारी पड़ती हैं
वह ज्ञानी प्रेम करने वालों पर अपना रौब ज़्यादा झाड़ती हैं
जबकि दूसरी ओर, जाहिल पुरुष महिलाओं पर हावी होते हैं
क्योंकि उनमें दरिन्दों की कठोरता शामिल होती है
उनमें नज़ाकत, करुणा और प्रेम की कमी होती है
क्योंकि उनकी फ़ितरत पर हैवानियत हावी रहती है
प्रेम और नज़ाकत इंसानी गुण हैं
जबकि क्रोध और वासना शैतानी लक्षण हैं

7
आशिक़ की कहानी

कुल (संपूर्ण) के आशिक़ वो नहीं जो मात्र जुज़
(अंश) से मोहब्बत करते हैं
जो अंश की चाहत रखता है, वह पूर्ण पाने में असफल हो जाता है
जब एक अंश किसी दूसरे अंश से मोहब्बत करने लगता है
तो उसका माशूक़ ख़ुद से संपूर्ण में शामिल हो जाता है
वह दूसरे के ग़ुलाम के लिए मज़ाक़ बन जाता है
डूबता हुआ वह किसी कमज़ोर से चिपक जाता है
उसके पास कोई ताक़त नहीं है, कि वह उसकी देखभाल करे
वह अपने स्वामी का ख़्याल रखे या फिर अपना?

४

प्रेम तो आईना है

जब गुलाब मुरझा जाए तो बाग़ीचा भी मुरझा जाता है
तो फिर तुम बुलबुल की कहानी भी नहीं सुन पाओगे
महबूब ही सब कुछ है, आशिक़ तो बस एक पर्दा है
महबूब ज़िन्दा है जबकि प्रेमी बेजान चीज़ है
जब आशिक़ को ही अपने प्यार की क़द्र नहीं
तो वह बिना पंख का पंछी रह जाता है, उस पर अफ़सोस है
मुझे उसके सामने या पीछे होश कैसे रह सकता है
जब तक कि मेरे महबूब का नूर मेरे आगे मेरे पीछे न हो?
मोहब्बत चाहती है कि इश्क़ बाहर निकले
लेकिन अगर आईने के सामने कुछ नहीं
तो फिर अक्स कहाँ से उभरे?

९

इश्क़ का रोग

मोहब्बत का पता दिल के ज़ख़्मों से लगता है
दिल के रोग जैसा कोई रोग नहीं है
आशिक़ का दुखः सारे दुखों से अलग है
इश्क़ ख़ुदा के रहस्यों को जानने का एक यंत्र है
इश्क़ का दर्द इधर हो या इश्क़ का दर्द उधर हो
आख़िरकार वह हमें इस दुनिया से परे ले जाता है
मैं इश्क़ के बारे में कितनी भी व्याख्या और बखान करूँ
जब इश्क़ पर मैं आता हूँ तो मुझे बहुत शर्म आती है
अगरचे ज़बान से इश्क़ बयान हो जाता है
लेकिन अनकहा इश्क़ ज़्यादा कुछ कह जाता है

कलम अगरचे लिखने में फ़टाफट लिख रही थी
लेकिन जब इश्क़ लिखने लगी
तो वह अपने आप ही छलक गई
इश्क़ का बखान करने में दिमाग़
कीचड़ में लोटते गधे की तरह है
यह तो इश्क़ ही है जिसने
मोहब्बत का मतलब मोहब्बत करके जाना है

10

सैयारों (ग्रहों) के खेल से आगे

किसी सितारे के ग्रह से जुड़ा व्यक्ति
अपने सितारे के ग्रह से मेल खाता है
अगर उसकी क़िस्मत शुक्र की दशा में है
तो उसकी प्रवृत्ति प्रेम व भोग विलास की होगी
और अगर उसका जन्म मंगल ग्रह के तहत है
जिसका स्वभाव ख़ून बहाना है तो
वह हर दम युद्ध, उत्पात और शत्रुता चाहेगा
इन सितारों से परे भी सितारे हैं जिनका
कोई उकसावे* वाला या ख़राब पहलू नहीं है
दूसरे ग्रहों और आसमानों में चले जाओ
इन सातों आसमानों के बारे में भी सभी को जानकारी नहीं है
ख़ुदा के प्रकाश की रौशनी में स्थापित यह लोक
न एक-दूसरे से जुड़े, न एक-दूसरे से अलग हैं

* उत्तेजक

11

महरूम आँखें

तुमने अपने चेहरे और सिर को कपड़े में लपेट लिया है
इस लिए तुम आँखें होते हुए भी नहीं देख सकते
आदमी सिर्फ़ आँख है, और बाकी सब जिल्द है
आँखें वही हैं जो सिर्फ़ महबूब (दोस्त) को देखें
अगर उन आँखों में महबूब ही न हो तो अंधा होना बेहतर है
जो महबूब पास नहीं, वह दूर ही बेहतर है
जब रोम के राजदूत के कानों में ताज़ा शब्द पड़े
तो उसका दिल महबूब की जुदाई से और भर आया

12

अनूठा बुलबुल

यह कैसा अनूठा बुलबुल है जो अपना मुँह खोलता है
तो काँटे और फूल दोनों एक साथ खाता है
यह कौन सा बुलबुल है? यह एक बिफरा हुआ घड़ियाल है
प्यार में होने कारण तीखी चीज़ें भी उसके लिए मीठी हैं
वह उस पूर्ण का आशिक़ है, अतः वह स्वयं कुल (पूर्ण) है
वह ख़ुद का ही आशिक़ है और अपने ही प्यार की तलाश में है

13

प्रेमी नज़र

अगर तुम ये चाहो कि महबूब तेरा
तुम्हारे लिए हो मीठा व प्यारा
तो फिर तुम उसको जो देखो कभी भी
तो देखो उसे बस प्रेमी नज़र से
न देखो कभी उसकी आँखों का सौंदर्य
मगर अपनी आँखों की चाहत से देखो
उसे देखो जानाँ बस आशिक़ नज़र से
उस प्यारी आँखों वाली को आँखें बन्द करके देखो
अगर तुम्हारे पास आशिक़ की आँख नहीं है
तो उसके किसी चाहने वाले की आँखें उधार ले लो
कहीं जाके फिर तुम उसको निहारो

कि तुमको सुकूँ हो, तुम्हें उसे देखने से
कभी न थको न कभी बेसुकूँ हो
इसी पर ख़ुदा ने कहा ये कथन था
कि वह उसकी आँखें, उसके हाथ व दिल होगा
और उसकी ख़ुशी कभी ख़त्म न होगी
जब ख़ुदा आपका राहनुमा बन जाता है
तो दुश्मन भी आशिक़ और दोस्त बन जाता है

14

गुनाहों का बीज

एक सूफ़ी की बात कहता हूँ
एक दिन वो बेवक़्त अपने घर आया
उसकी बीवी अपने आशिक़ के साथ सोई थी
उसका साथी जो एक मोची था
साथ जिसके वो आए दिन अपने
जिस्म की प्यास भी बुझाती थी
जब दोपहर में सूफ़ी ने पूरी ताक़त से
दरवाज़ा पीटा तो दोनों घबराए
कि वह बे-वक़्त कभी नहीं आया था
उनके बचने की कोई राह न थी
क्योंकि घर में एक ही दरवाज़ा था

उसकी बीवी थी मुतमइन काफ़ी
क्योंकि वह बे-वक़्त कभी नहीं आया था
क्योंकि उसको कभी भी बीवी पर
बेवजह शक कभी न आया था
उसकी बीवी को ये गुमान भी था
गर ख़ुदा गुनाहों को ढकने वाला है
फिर भी वह सज़ा तो ज़रूर देता है
अगर आपने बुरा किया होता है
तो आप निश्चिंत नहीं रह सकते
क्योंकि यह तो एक बीज है
जिसको ख़ुदा बढ़ाता ज़रूर है

15

रूहानी नूर

पैग़म्बरों का नूर सूरज के मानिंद है
जबकि हमारी समझ दीपक, मोमबत्ती और धुआँ है
एक मरता है, तो एक भोर तक रहता है
एक मद्धिम होता है, तो दूसरा चमकता है
पशु आत्मा पोषण से जीवित रहती है
चाहे उसकी हालत अच्छी हो या बुरी
वह एक ही बात हुई
अगर ये चिराग़ बुझ जाए, तो
पड़ोसी के घर में अँधेरा कैसे हो सकता है?
बिना प्रकाश के भी घर बरक़रार है
इसलिए हर घर में नूर का अहसास जुदा-जुदा है

यह हैवानी रूह की मिसाल है
दिव्य आत्मा की मिसाल नहीं
फिर, जब काली रात से चंद्रमा का जन्म होता है
तो हर घर की खिड़की पर एक नूर चमकता है
हर घर के प्रकाश को एक ही नूर का हिस्सा मानें
क्योंकि एक नूर दूसरे के बिना नहीं रहता
जब तक सूर्य क्षितिज पर चमक रहा है
तब तक इसका प्रकाश हर घर में मेहमान है; फिर
जब रूहानी सूर्य अस्त होता है, तो
सभी घरों से नूर ग़ायब हो जाता है

16

दुनिया का आईना

निस्स्वार्थ और बेलौस लोगों को
अपने ग़ुस्से की तलवार से मत डराओ
ऐसे में सिर्फ़ तुम्हारा ही नुक़सान होगा
उन्होंने अपने निस्स्वार्थ में ही स्वार्थ पा लिया है
और उस आईने में उन्हें सब कुछ दिखता है
अगर तुम आईने पर थूकोगे तो तुम ख़ुद पर ही थूकोगे
तुम्हें ख़ूबसूरत या बदसूरत जो भी नज़र आता है
वह तुम्हारा ही अक्स है, सादा और शुद्ध
तुम्हारा निस्स्वार्थ दुनिया के लिए आईना ही तो है

17

हमाम का चूल्हा

संसार की चाहत हमाम के चूल्हे के समान है
जिस हमाम में स्नान से आपकी पवित्रता बढ़ती है
लेकिन इस चूल्हे से पवित्र इंसान की पवित्रता है
क्योंकि वह इंसान गर्म स्नान और सफ़ाई के क्रम में है
अमीर लोग गोबर चुनने वालों के जैसे होते हैं*
हमाम में नहाने वाले की आग बुझाने के लिए
ख़ुदा ने जिस्म और रूह की पाकी के लिए उनमें शर्तें रखी हैं
ताकि हमाम गर्म और अच्छी तरह से देर तक उपलब्ध हो
हमाम को गर्म करने वाले चूल्हे की फ़िक्र छोड़ें

---

* लौकिक चीज़ों के पीछे भागने वाले

और गर्म स्नान के लिए आगे बढ़ें
जान लें कि चूल्हा छोड़ना ही इस स्नान का सार है
जो चूल्हे में है वह उसके चूल्हे का सेवक है
यह आत्म-त्याग और आत्म-पराजय है
जो भी स्नान के लिए हमाम में दाख़िल हुआ
उसका असर उनके खूबसूरत चेहरे पर साफ़ नज़र आता है

18

मात में भी जीत

मनुष्य गंदी और बिना रंग की एक खाल है
जो बेहंगम रंजकों के कारण घिनौनी हो गई है
उसे कड़वे और तीखे द्रव्य में डाल कर ख़ूब रगड़ो
ताकि वह शुद्ध हो और प्यारा व बहुत मज़बूत बन जाए
लेकिन अगर तुम ऐसा नहीं कर सकते हो
तो ऐ मक्कार मनुष्य, तू फिर संतुष्ट रह कि
भगवान तुम्हें बिना किसी विकल्प के कष्ट दे
क्योंकि ख़ुदा जैसे मित्र की ओर से दिया कष्ट
तुम्हारे लिए सहना तुम्हारे शुद्धिकरण के लिए है
उसका ज्ञान तुम्हारी समझ से परे है

जब वह सुख देखता है तो कष्ट मीठा हो जाता है
जब तू स्वास्थ्य को देखता है तो दवा मीठी हो जाती है
वह शह और मात में अपनी जीत देखता है तो कह उठता है
"ऐ मेरे हमदम मेरे दोस्त, मुझे मार डालो!"

19

सिर कुछ कहता है, पाँव कुछ और

आदमी के खाने की ख़्वाहिश वीर्य के लिए होती है
और वह वीर्य प्रजनन व रौशनी के लिए होता है
कम अक़्ल आदमी इसके अलावा कुछ नहीं देख सकता
क्योंकि उसकी बुद्धि बिना हरकत के होती है
जैसे धरती के पौधे
पौधे को बुलाया जाए या न बुलाया जाए
उसकी जड़ कीचड़ में ही फंसी रहती है
अगर उसका सिर हवा की गति के साथ हिलता है

तो उसके सिर की हरकत से धोखा मत खाना क्योंकि
उसका सिर कहता है, 'ऐ सुबह की हवा, हम तेरा हुक्म मानते हैं'
लेकिन उसका पैर कहता है
'हम आज्ञा मानने से इनकार करते हैं, हमें अकेला छोड़ दो!'
चूँकि वह नहीं जानता कि कैसे आगे बढ़ना है
इसलिए वह आम लोगों की तरह आगे बढ़ता है
अंधे की तरह किसी के भरोसे पर क़दम रखता है
युद्ध में भरोसे पर काम करना ऐसा ही है
जैसा पासा-खिलाड़ियों का पासे पर भरोसा करना

20

वासना का ग़ुलाम

सुनो, मेरी तरफ़ आओ, क्योंकि मैं बुलाने वाला
तुम्हारी ओर भेजा गया एक पैग़म्बर हूँ
मृत्यु की तरह, मैं वासना का नाश करनेवाला हूँ
मैं वासना में फँसा हुआ इंसान नहीं हूँ
और यदि वासना है, तो मैं वासना पर शासन करने वाला हूँ
मैं मूरत के चेहरे की हवस का बन्दी नहीं हूँ
ऐ हवस के ग़ुलाम, मैं मूर्तियों के मंदिर में प्रवेश करता हूँ
तो मूर्ति स्वयं ही सजदा करती, मैं नहीं करता हूँ
वासना से जुड़ी यह दुनिया मूर्तियों का एक मंदिर है

यह पैग़म्बरों और नाफ़र्मानों का घोंसला है
लेकिन वासना पवित्र लोगों की दास है
सोना जलता नहीं है, क्योंकि यह खदान से निकला खरा सिक्का है
नाफ़र्मान लोग मिश्र धातु के समान हैं
जबकि पवित्र लोग सोने के समान हैं
ये दोनों व्यक्ति इस भट्टी के भीतर हैं
एक सोने की तरह निखर कर निकलता है
दूसरा मिश्र धातु की तरह काला होकर निकलता है

21

क्षणभंगुर ख़्वाहिशें

मनुष्य बारिश की ख़्वाहिश करता है
लेकिन उसकी यह ख़्वाहिश क्षणिक होती है
और वह थोड़ी ही देर में किसी पनाह की तलाश में होता है
जबकि बारिश में बतख़ ख़ुशी-ख़ुशी घूमती है
क्योंकि बारिश का पानी उनके लिए ज़िन्दगी है

22
गली का शेर

अक़्ल चमकदार होती है
जो कि इंसाफ़ चाहती है
तो फिर उस पर अहंकार का
काला साया क्यों छा जाता है
क्योंकि अहंकार का शरीर में बसेरा होता है
जबकि अक़्ल मेहमान की तरह है
अहम् का कुत्ता ग़ुर्राता है, क्योंकि
हर कुत्ता अपनी गली का शेर होता है

23

मोहब्बत

अगर तुमने अपने लिए मुर्ग़ी का दरबा बनाया है
तो उसमें ऊँट को आमंत्रित न करो
मुर्ग़ी का दरबा तुम्हारा जिस्म है
और मुर्ग़ी मात्र तुम्हारी अक़्ल है
और ऊँट मोहब्बत है
अपने पूरे तेज और प्रताप के साथ

24

तुम्हारा क़सूर

बहुत ही मार्मिक अंदाज़ में
मेरे महबूब ने यह पूछा मुझसे
तुम बिन मेरे कैसे ज़िन्दा रहोगे
मैंने कहा तुम्हारे बिन मैं
ऐसा हूँ जैसे जल बिन मछली
मेरा महबूब मुस्कुराया और कहने लगा
यह तो क़सूर तुम्हारा ही है

25

लालच

एक बादशाह के पास एक गुलाम था
उसकी बुद्धि मर चुकी थी
लेकिन उसकी वासना बरकरार थी
उसकी जितनी सेवा होती वो उसकी उतनी ही उपेक्षा करता
वह बुरा सोचता था और उसे अच्छा समझता था
बादशाह ने कहा, उसका भत्ता कम कर दो
और अगर वह झगड़ा करे तो
उसका नाम ही भत्ते से काट दो
उसका विवेक कमज़ोर और उसका लालच बहुत था
जब उसने देखा कि भत्ता कम हो गया है
तो वह लड़ने-मरने पर उतारू हो गया
अगर विवेक होता, तो वह अपने चारों ओर चक्कर लगाता
ताकि वह अपना अपराध देख सकता और क्षमा पा सकता

26

रूह की चाहत

जिस्म की तरह जिस्म की ख़ूबियाँ भी उधार की हैं
उन पर अपना दिल निछावर न करो क्योंकि
वे क्षणभंगुर हैं, टिकाऊ नहीं हैं
प्राकृतिक रूप की विशेषताएँ भी फ़ना होने वाली हैं
वह रूहानी ख़ूबियाँ तलाश करो जो आकाश से ऊपर हैं
जिसका शरीर धरती पर एक दीपक की तरह है
लेकिन इसका प्रकाश सातवें आसमान से ऊपर है

27
आत्मा और शरीर

एक राजा था, उसका एक बेटा था
जो अन्दर और बाहर, हर ओर से
शानदार था और अच्छाई से भरा हुआ था
राजा ने ख़्वाब देखा कि अचानक उसका बेटा मर गया
दुनिया भर का सारा सुख राजा के लिए दुख में बदल गया
आग की गर्मी से उसकी तरोताज़ा जिल्द सूख गई
क्योंकि आग की तपिश से उसके आँसू सूख गए
राजा दुख के धुएँ और ग़म से इतना भर गया कि
उसके अन्दर से आहें भी नहीं निकल पा रही थीं
साँस अन्दर जाने का रास्ता नहीं खोज पा रही थी

वह मरने के कगार पर पहुँच गया
उसका शरीर बेहरकत हो गया
गोया उसकी रूह निकल गई हो
कि अचानक राजा जाग गया
अपने जागने से उसे जो ख़ुशी हुई
जो उसने पहले कभी अपनी ज़िन्दगी में महसूस नहीं की थी
उसे ख़ुशी भी इतनी थी कि वह ख़ुशी से मरने वाला था
यानी रूह शरीर के गरिबान से मज़बूती से जकड़ी हुई है

28

कोई चीज़ मुकम्मल बुरी नहीं

दुनिया में कोई चीज़ मुकम्मल बुरी नहीं
यह जान लो बुराई के आयाम हैं बहुत
एक ही वक़्त में कोई ज़हर या शकर नहीं
ना ही किसी के लिए वह बेड़ी या पाँव हो
वह किसी के लिए ज़हर और किसी के लिए शकर है
जैसे साँप का ज़हर उसके लिए ज़िन्दगी है
और वही साँप का ज़हर इंसानों के लिए मौत
समुद्र पानी के जीवों के लिए उद्यान के समान है
तो पृथ्वी के प्राणियों के लिए यह मृत्यु और तकलीफ़ है

ऐ अनुभवी आदमी इसी हिसाब से सोचो
तो देखोगे कि यह एक से हज़ारों के लिए सत्य है
अगर तुम चाहते हो कि महबूब तुम्हारे लिए शकर हो
तो तुम उसे आशिक़ की नज़र से देखो

29

महबूब की ओर जाना

दुनिया के जहाज़ में पैर रखो
और तेज़-तेज़ चलते रहो
जैसे आत्मा अपने महबूब की ओर जाती है
अनंत काल की ओर हाथ पैर नहीं
बल्कि आत्मा जाती है
अगर सुनने वाले नींद में नहीं होते
तो इस बात से उनके तर्क का पर्दा फट जाता

30
चारा

महबूब का जिस्म महज़ एक चारा है
अपनी आत्माओं को उसका बन्दी बनाने के बजाए
उसकी काट से बचने के लिए ढाल बनाओ
हालाँकि तुम अभी भी मेरे बन्दी हो
चारे के चक्कर में पंछी छत पर है
पंख फैलाए हुए है लेकिन वह जाल में क़ैद है
चूँकि उसने अपनी आत्मा से अपना दिल चारे को दे दिया है
इसलिए उसे फँसा हुआ ही समझो
चाहे वह कितना ही आज़ाद क्यों न नज़र आता हो

वह जो नज़रें चारे की ओर कर रहा है
उन्हें वह गाँठ समझो जो वह अपने पैरों में बाँध रहा है
चारा कहता है, 'अगर तुम अपनी नज़रें चुरा रहे हो
तो मैं तुमसे सब्रो-सुकून चुरा रहा हूँ
जब वे नज़रें तुम्हें मेरी ओर खींच लेंगी
तब तुम जान जाओगे कि मैं ग़ाफ़िल नहीं हूँ'

३१

इश्क़ की आग

समा (सूफ़ियों का नृत्य) प्रेमियों की ग़िज़ा है,
क्योंकि उसमें सुकून का तसव्वुर है
उसके तसव्वुर से ताक़त हासिल होती है
वे सिर्फ़ परिंदों की आवाज़ और पुकार नहीं
बल्कि वह उनका रूप ले लेती हैं
इश्क़ की आग इस समा से भड़क उठती है
जैसे अख़रोट की लकड़ी जलने से आग भड़कती है

32

क्योंकि तुम सुन्दर हो

लोग तुम्हें एक पल के लिए अकेला छोड़ देते हैं
तो तुम दुख और चिन्ता में डूब जाते हो
तुम ऐसे में कैसे हो? तुम अद्भुत व अद्वितीय हो
क्योंकि तुम सुन्दर और प्यारे हो और अपने आप में मस्त हो
तुम अपना ही पंछी, अपना ही शिकार और अपना ही जाल हो
तुम अपने ही सम्मान की मसनद
अपना ही फ़र्श और अपनी ही छत हो
माद्दा वह है जो अपने आप में वजूद रखता है
हादसा वह है जो उससे पैदा होता है
अगर तुम आदम से पैदा हुए हो, तो उसके जैसे रहो
और अपने अन्दर उसकी सारी संतानों को देखो

33

दिल एक नगर

घड़े में ऐसा क्या है जो नदी में नहीं है?
घर में ऐसा क्या है जो शहर में नहीं है?
यह संसार घड़ा है और हृदय नदी के समान है
यह संसार कमरा है और दिल अजीब शहर है

34

ला* का मतलब

बिलक़ीस ने अपनी बादशाहत और दौलत
को उसी तरह छोड़ दिया
जैसे एक प्रेमी सम्मान और अपमान से ऊपर उठ जाता है
वे आकर्षक दास और दासियाँ उसकी नज़र में
मोहब्बत की ख़ातिर सड़े हुए प्याज़ की तरह थीं
मोहब्बत के मारे बाग़-बग़ीचे और महल और नदी का पानी
सब उसकी नज़र में कूड़े के ढेर की तरह लगते थे
प्रेम, हुकूमत और ग़ुस्से का वक़्त
मनभावन लोगों को भी आँखों में घिनौना बना देता है
मोहब्बत की ईर्ष्या हर हीरे-पन्ने को भी
आशिक़ की नज़रों में जोंक की तरह बना देती है
और यही ला* का अर्थ है कि उसके सिवा कोई नहीं

---

* नहीं

35

धरती का रहस्य

यह हमारा काम है, हर उस व्यक्ति को भ्रमित करने के लिए
जिसका हमारे काम के प्रति कोई रूहानी झुकाव नहीं है
हम धरती को यह श्रेष्ठता उसी वजह से अता करते हैं
कि हम खाने का एक हिस्सा ग़रीबों के सामने रखते हैं
धरती बाहर की तरफ़ से भूरी है
जबकि अन्दर से इसमें चमकने के गुण हैं
इसका बाहरी भाग अपने भीतर से जंग में है
इसका आंतरिक भाग रत्न की तरह है
जबकि बाहरी हिस्सा पत्थर की तरह

इसका बाहरी भाग कहता है,
‘हम इतना ही हैं, और कुछ नहीं’
इसका आंतरिक भाग कहता है,
‘आगे और पीछे अच्छी तरह देखो’
इसका बाहरी भाग कहता है आंतरिक कुछ भी नहीं है
इसका आंतरिक भाग कहता है, ‘हम दिखाएँगे, इंतज़ार करो’
इसका बाहरी भाग और इसका आंतरिक भाग संघर्ष में है
ज़रूरी है कि वह बरदाश्त से काम ले
हम इस खट्टी-मीठी ज़मीन से आकृतियाँ बनाते हैं
हम इसकी छिपी हुई हँसी को ज़ाहिर करते हैं
क्योंकि बाहर से धरती दुःख और आँसू है
इसके भीतर सैकड़ों-हज़ारों तरह की हँसी है
हम रहस्य के खोलने वाले हैं और हमारा काम यही है
कि हम इन छिपी हुई चीज़ों को बाहर लाते हैं

36

अक़्ल बेचो इश्क़ ख़रीदो

जिन पर कृपा है और जो जानकार हैं
वह जानते हैं कि बुद्धि शैतान है, जबकि इश्क़ आदम है
अक़्ल समुद्र में तैरती है, वह बच नहीं सकती
वह अंत में डूब ही जाती है
तैरना छोड़ दो, अहं और दुश्मनी को छोड़ दो
यह ऑक्सस नदी नहीं है, यह एक महासागर है
इसके अलावा यह बेपनाह गहरा महासागर है
यह सात समुद्रों को तिनके की तरह बहा ले जाता है
मोहब्बत चुनिंदा लोगों के लिए एक जहाज़ की तरह है

यहाँ शायद ही कभी विपदा आती है
अधिकतर यह लोगों के लिए निजात है
बुद्धि बेच दो और हैरत ख़रीद लो
अक़्ल राय है, जबकि हैरत विज़न है

37

इश्क़ का नगाड़ा

इश्क़ मेरा मज़हब इश्क़ मेरा ईमान
सिर्फ़ शरीर और दिमाग़ में रहना
मेरे लिए किसी लानत से कम नहीं
इश्क़ ने मेरी रूह से गर्दो-ग़ुबार धो दिया है
और अब मेरे सामने साफ़ खुला आकाश है
मेरी रूह का चंद्रमा चमक रहा है
मैं सदियों से तुम्हारी मोहब्बत का नगाड़ा पीट रहा हूँ
और इस गीत को गा रहा हूँ
कि मेरी ज़िन्दगी मेरी मौत पर निर्भर है

38

दिल एक मस्जिद है

दिल एक मस्जिद है जिसके आगे शरीर झुकता है
मस्जिद जहाँ भी हो, बुरे साथी कैरोब के छिलके हैं
तुम्हें अगर बुरे साथी पर प्यार आने लगे
तो सावधान हो जाओ, उससे दूर भागो
और बातचीत मत करो, उसे जड़ से उखाड़ दो
क्योंकि कैरोब की तरह जब वह अपना सिर ऊपर उठाएगा तो
वह तुम्हें और तुम्हारी मस्जिद को ध्वस्त कर देगा
ऐ आशिक़, तुम्हारा कैरोब झूठ है
तुम बच्चों की तरह झूठ की ओर क्यों बढ़ते हो?
अपने आप को नादान समझो
क्योंकि इसी में तुम्हारी भलाई है

३१

मोहब्बत

ऐ दिल मेरे ज़रा ख़्याल कर
ऐ मेरी रूह ज़रा लिहाज़ कर
ऐ सब्र तू दर्द नहीं झेल सकता
तो तू कहीं दूर चला जा
ऐ अक़्ल तू जा और
अपना बचकाना खेल कहीं और खेल

40

मोहब्बत की बाज़ी

मोहब्बत की बगिया में पल भर का भी चैन है
न क़रार है एक लम्हे के लिए भी
वरना तुम आशिक़ों की क़तार में जगह खो दोगे
अगर तुम चाहते हो कि महबूब तुम्हारा तुम्हारे साथ हो
तो काँटे की तरह तुम्हें तेज़ होना होगा

५१

पूर्ण सुन्दरता

यह तो ख़ूबसूरती की एक हल्की सी झलक मात्र है
इस धरती में कि जिसे तुम रात-दिन चूम रहे हो
जब ख़ूबसूरती का एक घूँट काया की माटी से मिल कर
ऐसा ख़ूबसूरत है कि तुम पागल हुए जाते हो
तो सोचो कि उसका पूरा-का-पूरा मज़ा कैसा होगा

५२

एक घूँट

जब महबूब के साथ होने से इतनी शान बढ़ती है
तो मैं हैरान हूँ कि इसे एक घूंट कहेंगे या अमृत
हे दरवेश, इसके साथ ख़ुलूस से मिलने की कोशिश करो
क्योंकि पाक किए गए लोगों के अलावा
कोई भी इसे छू नहीं सकता
सोने, जवाहिर और मोतियों का एक घूंट
शराब, शीरीनी* और फलों का एक घूँट
आकर्षक हसीनाओं के चेहरों की एक झलक
सब एक तरफ़, वह शुद्ध शराब कितनी शानदार होगी

* मिठास

43

जिस्म के बिना रूह

जब रूह इस जिस्म के बिना अपना जलवा दिखाती है
तो मैं उस मिलन के हुस्न को बयान नहीं कर सकता
जब चंद्रमा बदली के बिना अपनी चमक दिखाता है
तो उस शान और ख़ुदाई रूप का बयान असंभव है
शहद और शकर से भरी वह रसोई कितनी दिलकश है
जिसकी थाली चाटने वाले राजा-महाराजा हैं
रूहानी मैदान का वह ढेर कितना ख़ुशनुमा है
जिसकी हर बाली पर ख़ोशाचीन टूटा पड़ रहा हो
दर्द से पाक ज़िन्दगी का सागर कितना दिलकश है
जिसके सामने सात समुद्र भी बूंद हैं

५५

मोहब्बत की गुलामी

शायद तुम शिकार करने जाओ
और ख़ुद उसका शिकार बन जाओ
तुम फंदे को छुड़ा सकते हो
और उसके जाल में फँस सकते हो
मोहब्बत मेरे कान में बहुत धीमे-धीमे कह रही है
शिकार बनना शिकारी बनने से बेहतर है
मेरे बन जाओ और ख़ुद से धोखा खा लो
सूरज की सल्तनत को छोड़ एक कण बन जाओ
मेरे दरवाज़े पर पड़े रहो और बेघर हो जाओ
मोमबत्ती बनने का दिखावा मत करो, पतंगा बन जाओ
ताकि तुम ज़िन्दगी का मज़ा ले सको
और मोहब्बत की गुलामी में छिपी बादशाहत पर ग़ौर कर सको

45

मोहब्बत एक शोला

आशिक़ों के लिए वही ख़ुशी वही ग़म है
वही उनकी मज़दूरी और सेवा का बदला है
अगर महबूब के अलावा कोई तमाशा है
तो वह प्यार नहीं है, एक बेकार जुनून है
मोहब्बत वह शोला है, जब वह भड़कता है
तो महबूब के अलावा बाकी सब को भस्म कर देता है
ख़ुदा के अलावा कुछ नहीं बचा, सब भस्म हो गया
ज़िन्दाबाद, ऐ मोहब्बत ज़िन्दाबाद . . .

४६

ख़्वाहिश जो बादल है

मेरे पंख बादल हैं और पर्दे हैं जो गहरे हैं
ख़ुदा के नूर के अक्स से वे ख़ूबसूरत बन गए हैं
मैं अपने पंखों और उनकी सुन्दरता को रास्ते से हटा दूँगा
ताकि मैं बिना पर्दे के चाँद की ख़ूबसूरती को देख सकूँ
मुझे किसी और की ज़रूरत नहीं है;
मेरी माँ ही कहीं ज़्यादा सुन्दर है
मैं मूसा की तरह हूँ, मेरी माँ ही मेरी मसीहा है
मैं किसी के माध्यम से चाँद की सुन्दरता देखना नहीं चाहता
क्योंकि यह वह कड़ी है जो लोगों को भ्रमित करती है
जब तक कि इस बादल को रास्ते से फ़ना न किया जाए
ताकि वह चाँद के चेहरे पर पर्दा न बन सके
तब तक ख़ुदा को आप जान नहीं सकते हैं

४७

ख़ुदाई शान की झलक

जब उसने उन मदमस्त आँखों को देखा
जो सोचने-समझने की ताक़त छीन लेती हैं
और बेचैन कर देती हैं
उस दिल-फ़रेब गाल की ख़ूबसूरती
जिस पर यह दिल रूई के बीज की तरह जलता है
वह चेहरा, उस पर वह तिल और भौं और
होंठ अक़ीक़ (लाल पत्थर) की तरह हैं
तो उन्हें देख कर ऐसा लगा जैसे भगवान
एक बारीक घूंघट के पीछे से चमक रहे हैं
उसने उस नाज़ो-अदा और मदमस्त चाल को
एक झीने पर्दे के माध्यम से ख़ुदाई महिमा
के रूप में प्रकट होते हुए देखा

५८

अपनी संपत्ति

ऐ ख़ुदा, हैरत में हूँ कि उस बाग़ ने क्या गलती की
कि उससे उसके वस्त्र छीन लिए गए, जो उसकी गरिमा थे
कहा कि उसने ख़ुद का ख़ुद ही से सम्मान किया
और आत्म-सम्मान एक घातक ज़हर है
ख़बरदार, ऐ आज़माईश में पड़ने वाले, सावधान
वह जिसके प्यार में दुनिया रोई
दुनिया अब उसे ख़ुद से दूर कर रही है : जुर्म क्या है?
जुर्म यह है कि उसने उधार का गहना पहना
और दिखावा किया कि यह लिबास उसकी अपनी संपत्ति है

५१
पैग़ाम

अगर तुम किसी सुन्दरी या सोने-चाँदी
या मालो-ज़र के बारे में पैग़ाम लेकर आओ
तो सभी लोग तुम्हारे सामने अपना धन
और अपना जीवन रख देंगे
कोई आप को कहीं दावत देगा
तो कोई किसी और जगह बुलाएगा
और आपसे पूछेगा, क्या वह सुन्दरी तुम्हें बुलाती है
क्या वह तुम्हें जानती है, और क्या वह तुमसे प्रेम करती है
लेकिन अगर तुम ख़ुदा का शहद जैसा मीठा संदेश लेकर आओ
और उन्हें ख़ुदा की ओर बुलाओ और कहो कि

अच्छे-अच्छे इनाम देने वाले ख़ुदा के पास आओ
मौत आने वाली दुनिया से उस दुनिया की ओर जाओ
जहाँ ऐश-ही-ऐश है
और नाश की ओर से हमेशा-हमेशा की ऐश की ओर आओ
तो वे तुम्हारा ख़ून कर देंगे तुम्हारी ज़िन्दगी ले लेंगे
इस लिए नहीं कि वह धर्म को बचाना चाहते हैं
बल्कि उन पर उत्कृष्टता का जूनून सवार है

50

प्रेम की प्राप्ति

मैं किससे कहूँ? गाँव में कोई जीवित प्राणी है कहाँ?
कोई ऐसा नज़र नहीं आता जो जीवन धारा की ओर भागे?
तुम एक अपमान के कारण प्रेम से भाग रहे हो
तुम प्रेम के बारे में नाम के अलावा और क्या जानते हो?
मोहब्बत में सैकड़ों तिरस्कार और नाज़ो-अदा होते हैं
मोहब्बत सौ तरह के नाज़-नख़रे उठाने से हासिल होती है
चूँकि प्रेम वफ़ादार होता है, इसलिए वह वफ़ादार को खरीदता है
वह बेवफ़ा साथी की ओर देखता तक नहीं

51

ईर्ष्या और प्रेम

क्या तुमने देखा है कि बेहूदा लोग ईर्ष्या से कैसे जलते हैं
धन-दौलत और जिस्मानी ख़्वाहिश की पल भर की ख़ुशी के लिए!
बादशाहों को देखो, वे मैदाने-जंग में लश्कर लेकर जाते हैं
और ईर्ष्या के कारण अपने ही रिश्तेदारों को मार डालते हैं।
गंदी-गुड़ियों के प्रेमी उनकी चाहत में
एक-दूसरे का ख़ून और जान चाहते हैं
विस और रामीन और ख़ुसरो और शिरीन तो याद है
कि ईर्ष्या के कारण उन मूर्खों ने क्या किया
ईर्ष्या के कारण आशिक़ भी मर गया और महबूबा भी
जान लो कि वे कुछ नहीं हैं और उनका जुनून भी कुछ नहीं है

52

प्रेम की प्यास

एक आशिक़ अपनी महबूबा के सामने
अपनी ख़िदमत और कामों को गिनाने लगा
कह रहा था, “तुम्हारे लिए मैंने ऐसा-ऐसा किया
इस जंग में मैंने तीर खाए और भाले सहे
धन चला गया, शक्ति चली गई, शोहरत जाती रही
तुम्हारे प्यार में मुझ पर अनेक मुसीबतें आईं
कोई सुबह मुझे सोते या हँसते हुए नहीं मिली
कभी मैंने धन-दौलत की परवाह नहीं की
उसे प्यार में जो कड़वाहट और दुःख मिले
वह उसे विस्तार से, एक-एक कर बता रहा था

उसकी निन्दा के लिए नहीं; बल्कि
अपने प्रेम की सच्चाई दिखा रहा था
और उसके सौ-सौ सनद पेश कर रहा था
विवेकशील पुरुषों के लिए एक इशारा ही काफ़ी है
कि आशिक़ों के प्रेम की प्यास कैसे बुझाई जाए?

53

महबूबा का जवाब

उसके अन्दर एक आग सी लगी थी
वह नहीं जानता था कि वह क्या थी
लेकिन उसकी गर्मी के कारण
वह शमा की तरह धीरे-धीरे पिघल रहा था
महबूबा ने कहा, तुमने यह सब तो किया है
फिर भी अपना कान खोलो और अच्छी तरह से समझो
क्योंकि तुमने वह नहीं किया जो इश्क़ो-वफ़ा की जड़ है
तुमने मेरे लिए अबतक जो भी किया है वह शाखाएँ हैं
आशिक़ ने कहा, मुझे बताओ, वह जड़ क्या है

उसने कहा, “इसकी जड़ मरना और फ़ना होना है
तुमने सब कुछ किया है, लेकिन तुम फ़ना नहीं हुए
तुम अब भी ज़िन्दा हो। सुनो, मर जाओ
अगर तुम ख़ुद को क़ुर्बान करने वाले हमदम और दोस्त हो!”

54

ख़ुशी की तलाश

अगर तुम तंग सोच और विचार वाले हो
तो सारा संसार तुम्हें तंग नज़र आएगा
अगर तुम ख़ुश हो और दोस्तों में हो
तो तुम्हें ये संसार गुलाब की बगिया लगेगी
बहुत से लोगों ने संसार की सैर की
बग़दाद और सीरिया भी गए लेकिन
उन्होंने सिवाए ईमान की कमी
और छल-कपट के सिवा कुछ नहीं देखा
बहुत से तो हेरात और हिन्दुस्तान भी गए
लेकिन ख़रीदो-फ़रोख़्त के सिवा कुछ नहीं देखा
बहुत से तो चीन और तुर्किस्ता जितनी दूर गए

लेकिन धोखे और फ़रेब के सिवा कुछ नहीं देखा
अगर राही बाहरी चमक-दमक के पीछे है
तो वह कुछ भी रूहानी नहीं देख सकता है
अगर गाय बग़दाद के शहर से गुज़रे तो
उसे शहर की कोई ख़ुशी औ आनंद नहीं दिखेगा
सिवाए तरबूज़ के छिलके के
लेकिन कारण और फल की दुनिया के बाहर
ख़ुदा की दुनिया हर पल बदलती और नई है
हर चीज़, चाहे वह जन्नत हो या स्वर्ग की नहरें
अगर एक ही आयाम पर सदा हों तो बदसूरत हैं

55

महबूब का अक्स

अपने दिल की खिड़की खोलो
चाँद सी जान का चेहरा देखो
इश्क़ का काम है दरीचा खोलना
ताकि उसका नूर दिल को रौशन कर दे
मेरे दोस्त, ये तो तुम्हारे इख़्तियार में है
कि तुम अपनी महबूबा का मुँह निहारते रहो
अपने दिल तक पहुँचने का रास्ता बनाओ
और दूसरे सारे नक़्श निकाल दो
तुम्हारे पास एक अमृत है

इसका सेवन करो और इसका असर
तुम्हारे दुश्मनों को दोस्त में बदल देगी
इस तरह अपने आप को पुख़्ता कर के
तुम अपने महबूब का अक्स बन जाओगे
जिस का नूर रूहों की ख़ुराक है

56

समुंदर की प्यास

मुझे जानो, अगर नहीं जानते हो तो अँधेरी रात से पूछो
वही मेरी रातों की तन्हाइयों की गवाह है
वही मेरी आहों और फ़रियाद का गवाह है
वही मेरे राज़ों को राज़ रखे हुए है
मैं पहाड़ की तरह सहनशील हो चुका हूँ
मैं धूल की तरह धूमिल हो चुका हूँ
मेरे ग़म काँटों की बाड़ हैं
जिन्होंने मेरे बग़ीचे को घेर रखा है
लेकिन एक बार तुम उन्हें पार कर लोगे
तब कहीं जाकर तुम बहते झरने

और महकते गुलाब की सराहना कर सकोगे
महबूब की जय हो, जिसने बाग़ीचे को नई ज़िन्दगी दी
एक शांतिप्रिय जुलाहा, युद्ध की कला को समझ नहीं सकता
दिमाग़ आशिक़ के दर्द की मिठास को नहीं समझ सकता
यह मीठा दर्द नमक के एक टुकड़े का प्यार के सागर में पिघलना है
मैं अपने अल्फ़ाज़ थके ज़ेहनों पर बर्बाद क्यों करूँ
मैं सिर्फ़ उनसे ही बातें करता हूँ जो समुद्र के प्यासे हैं

57

ख़ुदा का तर्जुमान

अपने आप को खो कर
मैं ख़ुदा का दूत या
तर्जुमान बन गया
मैं बे-होश रहूँ
या फिर होश में हूँ
बहुत मश्किल से कोई शब्द बोलता हूँ

58

मोहब्बत ईर्ष्यालु है

ज़ालिम मौसम पतझड़ का ज्यों आया
लाल लिबास गुलाबों का फिर चाक हुआ
बेद-मजनून* की डालियाँ गिर-गिर कर
उन दुआओं पर रो रही हैं जो क़बूल नहीं हुईं
कमल ने अपनी तलवारें सौंत ली हैं
बेले-चमेली ने कमर बाँध ली है लड़ने को
बुलबुल गुलाब के आशिक़ों से जल कर
चुप-चाप एक कोने में दुखी बैठा है

* एक फूल

पेड़ मायूसी में अपने हाथ फैला रहा है
अचरज में है कि कलियाँ क्यों छुप गई हैं
और किसने बनफ़शे की कमर तोड़ दी है
ज़ालिम पतझड़ आया है लेकिन रुको
बसंत से उम्मीद रखो कि वह हर चीज़ को फिर से
जीवित कर देगा जिसे पतझड़ ने उजाड़ दिया है
गुलाबों, बुलबुलों और बाग़ों की यह सब बातें
सिर्फ़ एक पर्दा है जिसे मैंने छुपा रखा है
क्योंकि मोहब्बत तो ईर्ष्या करने वाली है

59
पत्थर की बारिश

तुम से बिछुड़ कर जानाँ
बसंत में भी मज़ा नहीं
कोई ख़ुशी नहीं हासिल मुझको
मेरी हालत ऐसी है कि
अब चाहे ओले पड़ें बाग़ों में
या फिर पत्थर की बारिश हो

60

मोहब्बत का सफ़र

तुम आए, मेरे महबूब
मुझे नींद से जगाया
और कहाँ ग़ायब हो गए
मेरे दिल में तुम चाँद बन कर निकले
मैंने जैसे ही तुम्हें देखा, तुम ग़ायब हो गए
तुम्हारे बाग़ की झलक देखने के बाद
मुझ में सब्र नहीं कि अपने वजूद को बरक़रार रखूँ
तुम्हारी नशीली शराब के एक घूँट ने
मुझे प्यार का बीमार बना दिया
और मैं तड़प रहा हूँ

क्या कोई घर टिका रह सकता है
अगर उसकी नींव हिला दी गई हो
मोहब्बत की राहों में बहुत ऊँच-नीच होगी
बहुत से मिलन बहुत सी जुदाइयाँ होंगी
आह, कितना असीम नज़र आता है यह सफ़र
जो मुझे खींचे लिए जाता है उस हैरत की दुनिया में

61

मोहब्बत की सिद्धि

धीरे-धीरे अखियाँ खोलो
अपनी मोहब्बत का चेहरा देखो
नशीली आँखों में झाँक के देखो
उस मुस्कान भरे चेहरे को
अपने दिल को लुभाने दो
जो उसको अपने असीम बाग़ों में ले जाएगी
उसके मीठे फल का मज़ा लो
उसके गुलाब की ख़ुशबू पी लो
और रक़्स करो
बेद-मजनून की तरह लहराओ
जैसे वह हवा में लहराता है
दुनिया की मौज-मस्ती को छोड़ो ताकि
बेपनाह मोहब्बत के राज़ों का दरीचा खुले

62

एक बोसा

मेरे शोख़ शरारती महबूब का एक बोसा
मेरे दिल में हज़ारों शोले भड़का देता है
और मैं सुन्न व स्तब्ध रह जाता हूँ
और मोहब्बत के जोश से भर जाता हूँ
मैं दीवाना एक और बोसे के लिए तड़प रहा हूँ
और अपने दिल की धड़कन से भी तेज़ भाग रहा हूँ
मैं सोचता हूँ कि क्या होता अगर उसने
मुझे छह सात बार चूम लिया होता

63

दीवाना

मैं जब बोलता हूँ तो हुक्म होता है कि ख़ामोश रहो
जब मैं चुप हूँ तो कहता है कि बोलते क्यों नहीं
मैं जोश और उत्साह में आता हूँ, तो कहता शांत हो जाओ
मैं शांत और पुरसुकून हो जाता हूँ तो कहता है
तुम अभी मेरे लायक़ दीवाने नहीं हो सके हो

64

सफ़ेद बाज़

मैं नशे में क्या आया कि मेरा दिल गया
न जाने मेरा दिल कहाँ गया आख़िर
मैंने देखा कि मेरी अक़्ल की ज़ंजीरें
टूट गईं और वह फुर्र से निकल गया
अब इसे इस घर में ढूँढ़ने की ज़रूरत नहीं
वह उड़ कर ज़रूर महबूब के आसताने* पर गया होगा
यह दिल मेरा हवा का पंछी है
बादशाहों के बादशाह का सफ़ेद बाज़ है
यह उड़ कर उसी के पास गया होगा

---

* मुंडेर

65

पाक आँखें

यह शरीर तो महज़ एक बरतन है
जिस पर एक ढक्कन लगा हुआ है
ढक्कन को उठा कर देखो और
देखो कि क्या यह भर गया है
क्या यह ज़िन्दगी की चाहत से भरा है
यह फिर मर जाने के जोश से भरा है
इसमें भरे सामान पर नज़र रखो तो
तुम अपने शरीर के मालिक हो जाओगे
और अगर नज़र बरतन पर रखी
तो जान लो कि तुम गुमराह हो गए
तुम्हारी आँखें सिर्फ़ जिस्म देखती हैं
लेकिन पवित्र आँखें रूह को देख लेती हैं

66

ख़ामोशी का ख़ुफ़िया रास्ता

आशिक़ बस बेकार और निकम्मे हैं
वह अपने महबूब की तलाश में ही रहते हैं
क्या मछली सूखी ज़मीन पर ज़िन्दा रह सकती है
क्या बर्फ़ सूरज से मोहब्बत कर के पिघल नहीं जाएगी
क्या कीमिया गर के हाथों में जाकर
तांबा सोना नहीं बन जाएगा
कोई आशिक़ इस रंग और ख़ुशबू भरी दुनिया में
ज़्यादा दिनों तक नहीं रह सकता
आप बेमक़सद मारे-मारे फिरो

लेकिन आख़िर में तुम्हें भी
बादशाह के सामने पेश होना है
तो फिर तुम अपने झमेले से निपट क्यों नहीं लेते
मैं गुफ़्तगु का दरवाज़ा बन्द करता हूँ
और ख़ामोशी का एक ख़ुफ़िया रास्ता खोलता हूँ

67

सच्चा प्यार

सच्चा प्यार किसी बाँसुरी की तरह है
जिससे संगीत तभी फूटता है
जब वह अन्दर से पूर्णतः ख़ाली हो
जैसे ही यह भर जाती है
गुलूकार या साज़िन्दा उसे नीचे रख देता है
अगर तुम अपने अहंम से भरे हो
तो तुम उसकी उँगलियों के मीठे
और ख़ूबसूरत लम्स को महसूस नहीं कर सकते
अपने आप को ख़ाली कर दो
और आत्म समर्पण कर दो
ताकि तुम यहाँ ना होने की शराब से
मद-मस्त हो जाओ

68

महबूब का क़लम पर ज़ोर

महबूब ने मेरे दिल को किसी क़लम की तरह
पकड़ रखा है और लिखता जा रहा है
जो वह चाह रहा है
वह हर दिन क़लम को एक नए काम के लिए
तराशता है और कभी-कभार वह उसको
स्याही में डुबोता है और कभी वह उसको
उलट देता है और कभी वह उसकी निब को
अपने मक़सद के लिए फाड़ देता है
वह किसी हकीम की तरह जानता है
कि मरीज़ के लिए क्या बेहतर है
एक पंक्ति से वह सारी दुनिया को साफ़ कर देता है
और दूसरी से वह उसे तबाही से बचा भी लेता है

69

आत्म समर्पण

दिल जानता भी है और ना-समझ भी है
उसका अपना फ़ैसला काम नहीं करता
तो वह आत्म-समर्पण कर देता है
अपने महबूब के हाथों पर
और उसे पकड़े रखता है
उस दिल का भला हो जो चालाक हो गया
मैं अपने दिल को क़लम कहता हूँ
लेकिन बिना किसी शक्ल के
इसकी व्याख्या नहीं हो सकती
एक ओर तो इस पर लगाम कसी है
दूसरी ओर वह आज़ाद अपनी मर्ज़ी की मालिक है
यह विरोधाभास का मिलन है

70

सुन्दरता की तारीफ़

ख़ूबसूरती उस बाग़ की तरह है
जो गुलाब के फूलों की महक से
महक रहा है और धीमे-धीमे बहते
पानी के स्वर से गुनगुना रहा है
क्या शब्द इस की न ब्यान की जाने वाली
ख़ूबसूरती को ब्यान कर सकते हैं

71

मुख़लिस दिल

जुदाई उम्मीद की कमर तोड़ देती है
ज़ुल्म मिलन की आस के हाथ बाँध देता है
फिर भी आशिक़ कभी भी मायूस नहीं होते
एक मुख़लिस* और वफ़ादार दिल के लिए
हर चीज़ मुमकिन है

* शुद्ध/ख़ालिस

72

चूर-चूर शब्द

तुम तो पत्थर से भी सख़्त हो गए हो
किसी चट्टान की तरह
पत्थर शीशे जैसे दिल के साथ क्या करता है
वह उसको चूर-चूर कर देता है
तुम हँसते हो जैसे सुबह हँसती है सितारों पर
जो कि अपने सूरज के उगने पर ख़ुद को निछावर कर देता है
तुम धड़ाम से मेरे दिल का दरवाज़ा खोल देते हो
सारे ख़याल, सारे सब्र, सब सुकूँ जल्दी में बिखर जाते हैं
सब तुम्हारे सामने हार जाते हैं
अक़्ल और सब्र के जाने से कुछ नहीं बचता

सिवाए मेरे पागल जज़्बे के जो बेताबी में
रोता है और गाता है ख़ुशी के गीत
मोहब्बत पुकार है, कविता है स्वर की
लेकिन मैं अब इस पर बात नहीं करूँगा
क्योंकि मोहब्बत के बारे में बातें करने से शब्द चूर हो जाते हैं

73

हमारी कहानी

मेरा दिल जोश में हिचकोले खा रहा है
तुम्हारे शब्दों की आग में जल रहा है
अब मुझे पता चला कि यह आग
यह आग तो मात्र बर्फ़ है
जिसे मैंने पानी समझा वह तो
बस मरिचिका है
और हमारी कहानी
किसी पुराने भूले-बिसरे ख़्वाब की तरह है

74

सच की रौशनी

जब कोई सच्चा आशिक़ आता है
तो विपदा और दुर्भाग्य उफान पर होता है
मैं उस दिल को पसन्द करता हूँ
जो सात समुंदरों में हलचल मचा दे
और बेख़ौफ़ लहरों का सामना करे
मुझे वह आशिक़ पसन्द हैं जिसका दिल
ऐसे जलता है जो नरक की आग को भी राख बना दे
मैं ऐसे दिल को पसन्द करता हूँ जो
अपने हाथों में सारी कायनात को समेट ले
अज़ल* से आने वाली रौशनी को पकड़ ले

---

* प्रारंभ

जो कि किसी हिमलम्ब की तरह लटक रही हो
मैं ऐसे आशिक़ को पसन्द करता हूँ जिसका दिल
इतना बड़ा हो जितनी बड़ी यह दुनिया है
जो शेरों की तरह लड़ता हो
न सिर्फ़ दूसरों से बल्कि अपने से भी
एक आशिक़ जो सारे दिलों के पर्दे तार-तार कर दे
अपने सच की चमकती रौशनी से

75

मोहब्बत की बाज़गश्त

ऐ अयाज़, तेरी मोहब्बत में गल कर
मैं बाल की तरह दुबला हो गया हूँ
मैं अपनी कहानी कहने में असमर्थ हूँ
तू ही दुनिया को मेरी कहानी सुना
मैंने अपनी रूह की गहराइयों से
तुम्हारी मोहब्बत की कई कहानियाँ सुनाई हैं
इतनी कहानियाँ सुनाईं कि मैं ख़ुद एक कहानी बन गया
अब तो तुम ही मेरी कहानी सुनाओ
सचमुच तू ही सुना रहा है, ऐ मुफ़्ती, मैं नहीं
मैं सिनाई पर्वत हूँ, तू मूसा है
और यह बाज़गश्त है हमारी मोहब्बत की

76

मेरी मोहब्बत का इक़रार

ऐ मेरी अक़्ल को भटकाने वाले
तुम मेरी समझ-बूझ को भटकाते हो
मेरी अक़्ल के पास तुम्हारे अलावा किसी से उम्मीद नहीं
जब से तुमने मुझे पागल बनाया है
तब से मैंने कभी अक़्ल की ख़्वाहिश की ही नहीं
जब से तुमने मुझे सजाया सँवारा है
तब से मैंने कभी सुन्दरता से ईर्ष्या की ही नहीं
क्या तुम्हारी मोहब्बत के लिए मेरा पागलपन क़बूल है?
हाँ कह दो और भगवान तुम्हें बहुत नवाज़ेगा

77

अंगूठी में जड़ा रत्न

गिरी* को देखने से सारा शरीर ख़्वाहिश बन जाता है
वह दुखी रहता है जो प्रेम में पागल हो जाता है
क्योंकि जो ख़्वाहिश करता है वह अभागा है
जब वह गिरी को नहीं देखता
तो वह ऊपरी खाल से संतुष्ट रहता है
जो संतुष्ट है वह महान है
क्योंकि बंधन ही उसका क़ैदख़ाना है
यहाँ फ़ख्र बेवफ़ाई है और बदक़िस्मती धर्म है
एक पत्थर तब तक कुछ नहीं होता
जब तक वह अँगूठी में जड़ा रत्न न बनता
पत्थरपन की स्थिति में "मैं" का अहं बेतुका है
यह अपने को गौण बना लेने, मर जाने का समय है

---

* फल का अंदरूनी हिस्सा

78
वह जादूगर

किसी दिन सराय में तुम मुझे बे सुध देखोगे
देखोगे कि मेरी पगड़ी बिखरी हुई है
देखोगे कि मेरा मुसल्ला* शराब में तर है
अपने महबूब के शरारती बोसे के नशे में
मैं अपनी हथेली पर उसके गेसू को
नृत्य करते देख रहा हूँ
वह वहाँ बैठा नज़र आ रहा है
जैसे मुझे जागते रहने का लालच दे रहा है
और कह रहा है कि सुबह तक उसके साथ मौज करूँ
मैं कितना ख़ुशनसीब हूँ कि वह दिल रूबा साहिर**
मेरी रूह को इस दुनिया से बेगाना बनाए जा रहा है

---

* जाएनमाज़

**जादूगर

79

मोहब्बत के नूर की परछाई

मोहब्बत ईश्वरीय वरदान है
जो आप से कुछ नहीं चाहता
वह अपने आप में ईश्वरीय है
पश्चाताप इंसानी चीज़ है
वह मोहब्बत के देव के सामने कीड़ा
और मोहब्बत के सामने बेमानी है
उसके सिवा किसी और की मोहब्बत तुच्छ
उसके सिवा हर चीज़ मुलम्मा है
जो बाहर से तो चमक रहा है
लेकिन अन्दर से ख़ाली है
बाहर से रौशन और सुनहरा

लेकिन अन्दर घुप्प अँधेरा
जब रूहानी रौशनी चली जाती है
अँधेरा छा जाता है और झूठी मोहब्बत
किसी मोमबत्ती की तरह बुझ जाती है
जिस्म को छोड़ कर हुस्न अपने स्रोत में* गुम हो जाता है
चाँदनी चाँद में समा जाती है
और उसकी झलक काली दीवार से चली जाती है
ख़ुदा का इश्क़ अपने आप में पूरा सूरज है
और रूहानी दुनिया उसका नूर
और कायनात उसकी परछाईं

* परमेश्वर में

४०

मिलन की ख़ुशबू

ऐ बहार, ऐ वसंत तुम्हारा चमकदार चेहरा
मेरे दोस्त के चेहरे से मेल खाता है
क्या कहीं यह चेहरा तुमने उससे तो नहीं लिया है
तुम आँखों के लिए दावत हो, भोज हो
फिर भी तुम्हारा असल गुण छुपा हुआ है
जैसे कि रूह छुपी हुई होती है
जाड़े की मुश्किलें ख़त्म हो चुकीं
ऐ हसीन गुलाब, अपना चेहरा उठा और मुस्कुरा
देख कि कड़के ने बहार के आने का ऐलान कर दिया है
लिली और नर्गिस अपनी कच्ची कलियों से

आँखें खोलने को कह रही हैं
कह रही हैं कि बाग़ का सौन्दर्य देखो
कि अचानक कहीं से हवा मिलन की ख़ुशबू
उड़ाए लिए आती है
और डालियाँ ख़ुशी में नाच उठती हैं

८१

रूह की शराब

ग़लती से मेरा प्याला टूट गया है
और आशिक़ों की महफ़िल में
इस तरह के टूटे प्याले की कोई जगह नहीं
लेकिन मैं इस टूटे जिस्म का मातम नहीं करूँगा
क्यों कि साक़ी ने हमारे लिए दूसरा रखा हुआ है
जो रूह की शुद्ध शराब से लबालब भरा है

82
ख़ुशबू की तरह

तुम्हारे नक़्शे-क़दम पर चलते हुए
मैंने अपना दिल हवाओं के हवाले कर दिया
फिर एक दिन तुम्हारी ख़ुशबू ऐसी उड़ी
कि उसने सारे वातावरण को महका दिया
मेरा दिल शुक्राने से ऐसे लहरें मारने लगा
कि मैं भी हवा में ख़ुशबू की तरह बिखर गया

83

दिल को लगा रोग

मेरे दोस्त मुझे इक रोग लग गया है
रातों को आहें भरता हूँ और रोता रहता हूँ
अपना सिर दीवारों से मारता हूँ
उसने देखा और कहा कोई रोग का लक्षण तो नहीं
न ही बुख़ार है न सिर दर्द
हकीम ने उसकी नब्ज़ पर हाथ रखा
और कहा, उसका रोग मामूली नहीं है
यह दिल की बदली हालत के कारण है

मेरे दोस्त ने दाना-पानी छोड़ दिया
क्या ऐसा हो सकता है कि उसका ईलाज मोहब्बत हो
ऐ ख़ुदा रहम खा उसपर और उसके दुख दूर कर
दवा और दुआ मोहब्बत के सच्चे मरीज़ों पर काम नहीं करते
अगर तुम लक्षण को नहीं पहचान सकते
तो तुम कभी भी सच्चे प्यार को नहीं जान सकते

८५

शब्दों के माया-जाल से परे

महबूब तो हर किसी को उसकी हैसियत के हिसाब से देता है
मैं तो उसकी शुद्ध शराब का मज़ा ले रहा हूँ
और तुम सिरका पी रहे हो
मिठास शकर की ख़ासियत है
और तनिक सी भी ख़्वाहिश इसको कड़वा बना देती है
अगर तुम नसीहत करना चाहते हो
तो जाओ और नसीहत करो, लेकिन मैं
मैं तो ख़ुदा का संगीतकार हूँ
सिर्फ़ उसी के लिए संगीत बजाता हूँ
मुझे कोई ग़म नहीं दिया सिवाय उसकी

कविताओं के लिए लय व धुन तैयार करूँ
अब तो उसने मुझे इस काम से भी छुट्टी दे दी है
तो फिर इन कविताओं को लो और फाड़ दो
क्योंकि अर्थ शब्दों के माया जाल के परे हैं

85

छुपा ख़ज़ाना

दरवेश होना और फिर मोहब्बत में होना
यह तो किसी बादशाहत से कम नहीं
मोहब्बत का ग़म किसी गड़े ख़ज़ाने की तरह है
मैंने अपने दिल की नगरी
अपने हाथों से उजाड़ दी है
क्यों कि मैं जानता हूँ
कि ख़ज़ाना मेरे ही अन्दर
मेरी बरबादी के खंडहर में कहीं पोशीदा है

86

होंठों के बिना चुंबन

सारे लोगों में से मोहब्बत ने मुझको चुन लिया
मेरी तरफ़ उड़ती आई और मेरे गाल को सहलाया
कितनी बड़ी इनायत है
सोना बनाने वाला सोने की खदान से निकला
और उसने मेरे चेहरे को छुआ
अगर मैं घमंड से चूर हूँ तो
यह उसका करिश्मा है
कि उसने अपनी साँसें मेरी साँसों में डाल दीं
चाँद ईर्ष्या में जल उठा और नीले आकाश से

एक पर्दा खींच कर मेरे चेहरे को ढक दिया
शराब बहती जा रही थी लेकिन कोई प्याला न था
चुंबन पर चुंबन हो रहे थे लेकिन वहाँ कोई होंठ न था
लेकिन उस चाँद की रौशनी से
वह काली रात भी दिन की तरह चमक उठी थी

87

स्वर्ग की कुंजी

यह सही है कि चाँद रोटी से ज़्यादा असर नहीं करता
लेकिन याद रखो कि बहुत सी रोटी ऐसी हैं
जो ज़िन्दगी का स्रोत उसकी नसें काट देती है
सच में, शुक्र ग्रह पानी से ज़्यादा असर नहीं करता
लेकिन बहुत से पानी हैं जिसने शरीर को नष्ट कर दिया है
उनकी मोहब्बत तुम्हारी रूह में पैवस्ता है
और दोस्त की सलाह बस तुम्हारे कान के ऊपर से गुज़र जाती है
ऐ महान व्यक्ति, हमारी सलाह तुम पर कोई असर नहीं रखती
जान लो कि तुम्हारी सलाह भी हमें क़ायल नहीं कर पाती है

तुम्हारे कान उस वक़्त तक बन्द हैं जब तक कि
तुम्हारे उस दोस्त की ओर से विशेष कुंजी न आए
जिस दोस्त के पास स्वर्ग की कुंजियाँ हैं
यह प्रवचन सितारों और चाँद की तरह है
लेकिन ख़ुदा के हुक्म के बिना इसका कोई असर नहीं

४४

लाजवाब ज़िन्दगी

अहंकार अगर वीर्य की तरह दुर्गंध से भरा है
लेकिन जब उसमें आत्मा प्रवेश करती है
तो वह रौशन हो जाता है
हर खनिज जो पौधे की ओर रुख़ करता है
उसके कारण जीवन वृक्ष का रूप लेकर उगता है
हर पौधा जो आत्मा की ओर अपना मुख करता है
वह ख़िज़्र की तरह आब-ए-हयात से पानी पीता है
एक बार फिर, जब रूह अपने महबूब की ओर अपना चेहरा करती है
तो फिर वह लाजवाब ज़िन्दगी का हिस्सा बन जाती है

८१

परेशानी से निजात

शैतान दुनिया से बेइंतहा प्यार करता है
वह दुनिया के प्यार में अंधा और बहरा है
लेकिन इस प्यार को दूसरे प्यार से काटा जा सकता है
जब वह यक़ीन के तहख़ाने से शराब का मज़ा लेता है
धीरे-धीरे उसका प्यार बदलने लगता है
ऐ वो, जिसका पेट लालची है वह इस तरह से उससे बच सकता है
कि खाने का बदलना ही उसके लिए एकमात्र तरीक़ा है
ऐ तुम, जिसका दिल बीमार है, उसके इलाज का उपाय करो
इसका सारा दारो-मदार मिज़ाज की तब्दीली पर है
ऐ तुम, जो भोजन के बिना नहीं रह सकते हो

तुम बच जाओगे, अगर तुम ख़ुद को दूध छुड़ाने दोगे
सच है कि भूख में दूध भरपूर भोजन है
उसकी लगन से खोज करो और उम्मीद रखो
ऐ कमज़ोर होने वाले प्राणी, नूर से ग़िज़ा* पाओ
आँख की तरह बनो
ऐ सृष्टि में श्रेष्ठ, फ़रिश्तों की तरह बनो
फ़रिश्तों की तरह ख़ुदा की इबादत को अपना भोजन बनाओ
ताकि फ़रिश्तों की तरह तुम भी हर प्रकार की परेशानी से निजात
पा सको

---

* पोषण

१०

दिशाहीन

हर किसी ने, किसी-न-किसी दिशा में अपना चेहरा कर रखा है
लेकिन पवित्र लोग उस ओर चेहरा किए हुए हैं जो दिशा से परे है
हर कबूतर किसी-न-किसी रास्ते पर उड़ता है
लेकिन यह कबूतर उस तरफ़ है जहाँ कोई तरफ़ नहीं
हम न तो आज़ाद पंछी हैं और न ही पालतू
हमारा खाना बे-दाने का दाना है
हमारी रोज़ की रोटी इतनी भरपूर है
कि हमारी सिलाई हमारा फाड़ना बन गई है

९१

शुद्ध घूँट का असर

उस पोशीदा जाम से, तुमने ख़ास लोगों के प्याले से
एक घूँट इस धूल भरी धरती पर उंड़ेल दिया है
उस एक घूँट से बालों और गालों पर निखार है
यहाँ तक कि राजा भी उस मिट्टी से बनी मूरत को चाटते हैं
यह सुन्दरता का घूँट है जो कि मिट्टी से बने प्यारे जिस्म में दिखता है
जिसे तुम दिन-रात सैकड़ों दिलों से चूमते रहते हो
वह एक घूँट जो मिट्टी के साथ मिलकर भी तुम्हें पागल बना रहा है
तो ज़रा सोचो कि इसका एक शुद्ध घूँट तुम पर कैसा असर डालेगा

१२

दिल में उजाला

तुम तर्क से ज्ञान प्राप्त करते हो
तुम अभ्यास से कला या हुनर सीखते हो
अगर स्वेच्छा से ग़रीबी तुम्हारी पसन्द है
तो संगति ही रास्ता है, हाथ या ज़बान नहीं
इसका ज्ञान रूह से रूह में उतरता है
बातचीत या नोटों के ढेर से नहीं
इसकी निशानियाँ साधक के दिल पर अंकित हैं
फिर भी साधक उन संकेतों को नहीं जान सकता
जब तक कि उसका दिल नूर से रौशन न हो जाए

फिर अल्लाह क़ुरान में कहता है
'क्या हमने ज़ाहिर नहीं किया
और तुम्हारे सीने को खोल दिया
और तुम्हारे दिल में उजाला कर दिया'

९३

राज़ हमराज़ से कहो

मेरा लक्ष्य तो सिर्फ़ महबूब की तवज्जुह, उसकी कृपा है
इसके बाद, शायद, इजाज़त मिल जाए कि
जो राज़ बताए जाने चाहिए, वे बताए जाएँ
ऐसी ज़बान में जो समझ में आएँ
और वह सूक्ष्म अस्पष्ट संकेतों से पाक हों
राज़ को राज़ जानने वाले के सिवा
किसी से नहीं कहना है, क्योंकि
न विश्वास करने वालों के कान में
पड़ने वाला रहस्य कोई रहस्य नहीं होता है

१५

हौसलों के पंख

पंछी अपने पंखों के सहारे अपने घोंसले तक पहुँचता है
ऐ लोगो, इंसान के पंख उसके हौसले हैं
जो आशिक़ अच्छाई और बुराई दोनों से सना हुआ है
तो उसकी अच्छाई और बुराई पर नज़र मत रखो
बल्कि उसके हौसलों पर नज़र रखो
अगरचे बाज़ सफ़ेद है और शानदार व बेमिसाल है
लेकिन वे चूहे का शिकार करते समय वह तुच्छ हो जाता है
और अगर कोई उल्लू बादशाह बनने की ख़्वाहिश रखता है

तो वह बाज़ का सिर रखता है : उसके चेहरे पर मत जाओ
इंसान, जो आटे के तश्त से भी बड़ा नहीं है
वह अपने हौसलों की बदौलत
फ़िरदौस और गगन से आगे निकल गया है

१५

आत्मा का दर्पण

स्वर्ग में जाने का क्या साधन है? न होना है
न होना आशिक़ों का पंथ और धर्म है
मोहब्बत के रास्ते में ख़ुद को हीन और तुच्छ बनाने से
अयाज़ का चमड़े का कुर्ता व फटी जूती आला बन गए
भले ही वह बादशाह का महबूब था
और बाहर व अन्दर से आकर्षक व सुन्दर था
लेकिन वह किसी भी अहंकार, दिखावे या द्वेष से पाक हो गया था
और उसका चेहरा बादशाह की सुन्दरता का आईना बन गया था
चूँकि वह अपने अस्तित्व से बहुत दूर हो गया था
इस लिए वह स्वयं सराहनीय महमूद बन गया था

७८

जब काँटे बाँसुरी बन जाएँ

तुम्हारे क़दमों तले मेरे महबूब
बनफ़शे और चमेली के फूल
राहों में बिखरे पड़े हैं
तुम मिट्टी के ढेले पर अपनी फूँक मार दो
तो वह फ़ाख़्ता बन उड़ जाए
और आसमान की गहराइयों में खो जाए
तुम जिस पानी से हाथ धो लो वह कुंदन सा चमक उठे
कोई काँटा तुम्हारे लिबास को छू जाए
तो वह बाँसुरी बन जाए
जिसको तुम तोड़ दो वह अक़्लमंद हो जाए

तुम अपनी एक निगाह से दुखियों का दुख दूर कर दो
तुम्हारी साँसें सारे दिलों को ज़िन्दा कर दें
लेकिन बेहतर है कि मैं चुप हो जाऊँ
ताकि तुम बोलो, कानों में रस घोलो

९७

बेख़बरी

रात अँधेरी है, अँधेरी है सिर्फ़ अजनबियों के लिए
मेरी रात तो महबूब के चेहरे से रौशन है
रौशन है वह दिन की तरह
सारी दुनिया भले ही काँटों से क्यों न भर जाए
लेकिन मैं तो फूलों में खेल रहा हूँ
चाहे सारी दुनिया तहस-नहस हो जाए
लेकिन मेरा दिल तो ख़ुशी के नग़मे गाता है
दुनिया भर से उदासी और दुखों की ख़बरें आ रही हैं
मेरी ख़बर यह है कि कोई ख़बर ही नहीं है

१४

मैं तुम बन जाता हूँ

तुम्हारा सुन्दर चेहरा तो मेरे दिल का नूर है
तुम्हारी कोमलता ने तो मुझे पंख दे दिए हैं
तुम्हारी हँसी तो मेरे लिए पावन पर्व है
तुम्हारी मंद ख़ुशबू से मदमस्त होकर
मेरे दिल ने किसी और के लिए धड़कना छोड़ दिया
मैं इठलाता हुआ तुम्हारे दरबार में चलता हूँ
और तुम्हारी ज़ुल्फ़ों की नर्म छाँव में आराम करता हूँ
तुम्हारे मेहर के सागर में डूब कर
मैं तुम्हारे क़दमों पर निछावर होता हूँ
और मैं तुम बन जाता हूँ

११

कौन बड़ा है

दोस्त मेरे, मुझे तुम बताओ ज़रा
कौन इसमें से है देखो ज़्यादा बड़ा
चाँद रौशन बड़ा है कि यह सुन्दर बाग़
या फिर जिसने इनको बनाया बे-दाग़
क्या एक आला दिमाग़ बड़ा है
या वह जिसने सोचा और बनाया उसे
यहाँ तक कि मोहब्बत जो दुनिया को बढ़ाती है
वह भी मोम की तरह उसके हाथों में कोमल हो जाती है
जब मैं अपने पंख में जलन महसूस करता हूँ

तो पाता हूँ कि वह मेरे पंख खोल रहा है
जब मैं अपने पहलू में चाक़ू चुभता महसूस करता हूँ
तो देखता हूँ कि वह अपने हाथों से मुझे बचा रहा है
मैं उसके वैभव और रोब में खो जाता हूँ

100

अनोखा प्यार

एक दिन एक महबूबा ने अपने प्रेमी को
अपने पहलू में बिठाया कि उन्हें मोहब्बत की गर्मी महसूस हो
लेकिन उसने जेब से अपना प्रेम-पत्र निकाला और पढ़ने लगा
जो कि उसकी महबूबा की सुन्दरता और तारीफ़ों से था भरा
साथ ही उसमें उसके अपने दुखों की शिद्दत का भी बखान था
ख़त में उसे मनाने और पास बुलाने की विनती थी बहुत
ख़त को सुनकर महबूबा ने कहा
क्या यह सब कुछ है लिखा मेरे लिए
तुमने अपने इस मिलन की घड़ी को क्यों किया ऐसे व्यर्थ
मैं यहाँ बैठी हूँ तेरे सामने, और तुम ख़त के पढ़ने में हो व्यस्त

यह, किसी प्रकार भी प्रेमियों की निशानी तो नहीं
उसकी इस बात पर प्रेमी ने कहा, आप तो हैं पास में बैठी हुईं
लेकिन मुझको वैसा कोई रस या एहसास क्यों आता नहीं
जिसको पिछले साल मैंने किया महसूस तेरे संग था
आज क्यों वैसा मज़ा आया नहीं
हालाँकि हम दोनों ही तो हैं फिर साथ-साथ
मैं ने तो इस प्रेम के सागर से है वह शीतल जल पिया है
जिससे मेरी आँखें और हृदय दोनों अभी तक हैं तरोताज़ा
मेरे सामने वह सागर तो है, लेकिन वहाँ वह पानी नहीं है
शायद किसी लुटेरे ने मेरे पानी के चश्मे पर डाका डाला है
इतना सुनना था कि महबूबा ने कहा, फिर तो मैं तेरी प्रेमिका हूँ नहीं
मैं अगर बलग़ार में हूँ तो तुम्हारी क़ुतु में चाहत है छुपी
(बलग़ार और क़ुतु दो शहर हैं जो एक-दूसरे से बहुत दूर हैं)

तुम मर मिटे हो मुझ पर और मेरे प्यार के एहसास पर
लेकिन ऐ नौजवान, एहसास सदा एक सा रहता नहीं!
इसलिए मैं वह पूर्ण नहीं हूँ जिसको तुम चाहते हो
मैं तो उस पूर्ण का केवल एक अंश हूँ जिसकी चाहत है तुम्हें
मैं तुम्हारे महबूब का घर मात्र हूँ, महबूब तो हरगिज़ नहीं
प्रेम तो नक़दी के लिए होता है, ना कि तिजोरी के लिए
तुम्हारा महबूब तो वह है जो एक अकेला है
वही तुम्हारा आदि है और वही अंत है
जब तुम उसे पा लोगे, तो तुम फिर किसी के इंतज़ार में न रहोगे
वह ज़ाहिर भी है और रहस्य भी
वह एहसास की अवस्थाओं का मालिक है
किसी भी अवस्था पर निर्भर नहीं है
दिन, महीने और वर्ष उसी चंद्रमा के ग़ुलाम हैं
जब वह आपकी स्थिति की बोली लगाता है
वह कहता है हो जाता तो हो जाता है
जब उसकी इच्छा होती है, वह जिस्म को रूह बना देता है

101

सबसे सुन्दर शहर

एक दिन इक प्रेमिका अपने प्रेमी से यूँ कहने लगी
तुमने दुनिया भर की सैर की है, नगरी-नगरी घूमे हो
दुनिया भर में कौन सा शहर तुम्हें सबसे सुन्दर है लगा
युवक ने प्रेमिका की ओर देखा और कहा, जिस शहर में मेरा
महबूब रहता है
मेरे लिए हर वह जगह शाही महल और शाही ख़ीमा है
चाहे वह जंगल हो कि रेगिस्तान
या फिर वह सूई का सुराख़ ही क्यों न हो
जहाँ कहीं भी यूसुफ़ जैसा हसीन मेरा महबूब है
वह मेरे लिए स्वर्ग है, चाहे वह कुआँ ही क्यों न हो

तुम्हारे साथ जहन्नम भी मेरे लिए तो है जन्नत
दिल-रुबा, ऐ दिल-रुबा तुम्हारे साथ तो क़ैदखाना भी गुलशन है मुझे
तुम्हारे संग तो नर्क भी स्वर्ग का बाग़ है मेरे लिए
और तुम्हारे बिना तो फूल और स्वर्ग भी है
नरक और आग के अंगारे हैं
तुम जहाँ कहीं भी मेरे साथ हो मैं वहाँ ख़ुश हूँ बहुत
चाहे मैं क़ब्र के गड्ढे में ही क्यों न जा रहा हूँ
दोनों जग से बढ़ कर वह जगह है जहाँ तुम्हें मेरा ध्यान हो
यह कहानी बहुत लंबी है और दिलों पर
राज करने वाले प्रेमी बेक़रार हैं...